Quarto de menina

Livia Garcia-Roza

Quarto de menina

galera
RECORD
Rio de Janeiro | 2009

CIP-Brasil. Catalogação-na-fonte
Sindicato Nacional dos Editores de Livros, RJ

G211q Garcia-Roza, Livia
2ª ed. Quarto de menina / Livia Garcia-Roza. – 2ª ed. – Rio de Janeiro: Galera Record, 2009.

ISBN 978-85-01-06197-3

1. Literatura infanto-juvenil. I. Título.

CDD: 028.5
01-1143 CDU: 087.5

3ª edição, 2ª edição Record

Texto revisado segundo o novo Acordo Ortográfico da Língua Portuguesa.

Direitos exclusivos desta edição reservados pela
EDITORA RECORD LTDA.
Rua Argentina 171 – Rio de Janeiro, RJ – 20921-380 – Tel.: 2585-2000

Impresso no Brasil

ISBN 978-85-01-06197-3

PEDIDOS PELO REEMBOLSO POSTAL
Caixa Postal 23.052
Rio de Janeiro, RJ – 20922-970

para
Ingrid e Carla
Anaïk e Laís
e
Judith, Jovelina e Leila

1

A julgar pelas fotografias, eu era uma menina bonita; constituição pequena, olhos claros, cabelos louros em caracóis. Beleza feita de traços delicados. Mamãe conta que quando eu era bebê meu tio costumava me encostar contra a parede da sala, bem no alto, perguntando: "Quem quer um anjinho barroco?" Papai olhava a cena sem nada dizer. Ele não era de brincadeira. Para seu descanso, titio, assim como os outros familiares, afastou-se das nossas vidas.

— Pai, é verdade que você é intelectual?

— Por quê?

— Eu soube que você é...

— Sim.

— E o que é isso? — continuei.

— Intelectual é alguém que vive de pensar.

Não entendi a resposta, mas não fiz mais perguntas porque sabia que papai não gostava de ser interrompido enquanto trabalhava. Na verdade, estava lendo, mas eu sabia que quando ele lia, trabalhava. Fiquei quietinha como sempre, escrevendo num caderno, falando sozinha, baixinho, sentada no carpete da biblioteca.

Ele estava em sua cadeira giratória com rodinhas embaixo para facilitar a locomoção entre as estantes. Não podia perder nem um minuto. Lia de manhã, de tarde e de noite. Quando não lia, escrevia; ou, às vezes, as duas coisas, lia e escrevia. Vez por outra levantava-se para tomar café, voltando logo em seguida. Nessas rápidas passagens, olhava para mim; não sorria porque não era de sorrisos, mas seu olhar era de profunda atenção.

Na biblioteca, além dos livros que recobriam as paredes, havia muitas outras coisas. Uma enorme papeleira antiga que pertencera a um tio-avô de papai ocupava boa parte do espaço. Lembro do dia em que ele a herdou: nunca o vi tão inquieto como naquela tarde. Quando a campainha tocou, foi abrir a porta rapidamente. Corri atrás para espiar. Sabia que alguma coisa importante estava para acontecer. Dois carregadores suados apareceram dizendo que a encomenda estava na garagem do prédio.

Devia ser algo muito importante, porque papai falou mais do que o necessário, antes de sair acompanhado pelos homens. Eu escutava o barulho deles e o silêncio de papai. Quando o barulho acabou, restou o silêncio; era sinal de que ele estava por perto. Assim que chegou, pegou minha mão e fomos ver a novidade.

No meio da garagem havia um móvel enorme, velho, preto, sujo, mas não fiz nenhum comentário porque papai estava com olhar de estátua. Quando isso acontecia, era sinal de que estava contente. Ele me olhou de relance. Em seguida tirou o canivete suíço do bolso e, aproximando-se do móvel, abaixou-se para assoprar. "Dá para raspar", disse em voz baixa. "Raspar o quê?", perguntei. Pegando de novo minha mão, me levou para dentro de casa. No caminho, perguntei que móvel era aquele. "Uma papeleira", respondeu.

Durante vários dias, passamos as tardes na garagem do prédio. Enquanto ele raspava, cabia a mim a tarefa de verificar se não havia barata por perto. Conhecia o medo de papai. O único. Na biblioteca havia um pequeno baú cheio de apetrechos contra baratas.

A papeleira tornou-se uma das peças mais importantes para ele e era sobre ela que papai debruçava-se todos os dias para escrever. Eu não via a menor graça.

De vez em quando papai recebia visitas. Pessoas trazendo quadros, esculturas, objetos de arte. Embora ele não fosse artista, queriam sua opinião. Seu olhar adivinhava onde havia qualidade. Nessas situações, convidava a pessoa para um café, enquanto ganhava tempo para ver o que diria. Extremamente cuidadoso com as palavras, papai não se esquivava porém em dizer o que realmente pensava. Tratava as pessoas como livros, dedicando-lhes todo o cuidado e atenção.

O espaço da biblioteca era pequeno e ele vivia ajeitando-o para que ficasse cada vez mais bonito e confortável. Era um homem de extremo bom gosto, sabia como ninguém colocar os objetos nos seus melhores lugares. Um dos cantos da biblioteca era ocupado por uma poltrona com um pufe na frente. Ali eu passava as tardes, às vezes boa parte da noite. A poltrona, papai chamava de *bergère*; o pufe, de pufe mesmo. Sempre tinha um nome diferente para as coisas comuns, o que fez com que eu conhecesse e usasse palavras que outras crianças não usavam.

Às vezes eu dormia na biblioteca, o que só percebia quando papai me levantava e me carregava no colo até a cama. Pigarreava antes, o que quase sempre me acordava; então eu fingia que dormia, só para ver como ele fazia. Quando me deitava, e isso aconteceu tantas e tantas vezes, ele puxava a coberta com todo o cuidado até ter certeza de que nenhum pedacinho de meu corpo tinha ficado descoberto; acendia o abajur para o beijo de boa-noite (que nunca esquecia), beijava minha testa e saía devagarinho, encostando a porta.

Além da papeleira, havia outra mesa na biblioteca, a do computador. A chegada dele foi uma verdadeira revolução. Basta dizer que papai aposentou a máquina de escrever que usava havia mais de vinte anos. Apaixonou-se pela nova máquina a ponto de telefonar para pessoas que não conhecia para tirar dúvidas a respeito do seu funcionamento. Telefone em nossa casa era somente para recados. Ao lado do computador ficava a impressora, único som da biblioteca, além da minha voz.

Havia ainda uma cadeira extra para aqueles que vinham em busca de sua palavra. Além das pessoas que traziam obras de arte, ele recebia alunos precisando de orientação. Papai é professor de filosofia.

Um dia perguntei o que era ser professor de filosofia. Ele respondeu que era quem pensava coisas que ninguém pensava. Não entendi. Ele disse que eu precisava crescer para entender. Achei muito chato não ficar sabendo, mas não insisti porque sabia quando papai dava algum assunto por encerrado.

Outros objetos importantes na biblioteca eram os abajures. E eram vários. Ele precisava de muita luz para escrever. Nessa época já tinha vista cansada. Num dos raros dias de conversa, contou que começou a ler quando criança. Não imaginava meu pai criança. Para mim, tinha nascido daquele jeito, grande, e bonito demais. Com o tempo percebi que não só eu pensava assim; todas as pessoas referiam-se a ele como um homem bonito.

Ao lado da poltrona havia o grande abajur de pé, de madeira torneada, com cúpula amarelecida. A luz do teto não era um globo qualquer. Uma tarde, ele foi à cidade procurar uma luminária de opalina. Ainda lembro de sua cara de estátua chegando em casa com aquele embrulho nas mãos. Seu rosto parecia um retrato contente.

Em casa não precisávamos chamar especialista para nada. Papai fazia serviço de eletricista, bombeiro, carpinteiro e o que mais fosse necessário. Tudo o que sabia punha em prática ele mesmo. Costumava dizer que o homem é *homo faber*, transforma a realidade quando faz alguma coisa. Meu pai era mesmo muito diferente das outras pessoas.

— Luciana, precisamos conversar... — disse papai rodando a cadeira e olhando para mim. — Pega mais água — continuou, me estendendo o copo.

O que estava acontecendo? Nunca tinha ouvido papai falar assim... Outra coisa que nunca tinha acontecido... pedir alguma coisa... Papai pedindo água?!

Levantando, percebi que ele estava esquisito... Os olhos estavam menores e ele engolia não sei o quê, porque não estava comendo. Acho que é a água que tem dentro da boca, fui pensando enquanto ia para a cozinha. Rapidamente enchi o copo com água do filtro (meu pai não gosta de água gelada), e entrei de novo na biblioteca, botando o copo em cima do azulejo. Estendendo a mão, papai fez um gesto para que eu me sentasse. Olhando para mim como nunca havia olhado, disse:

— Luciana, você ainda é pequena para certas conversas. Para esta que precisamos ter você é. Vai precisar se esforçar para entender.

Nunca tinha ouvido tanto tempo sua voz, grossa demais. As palavras ecoavam na minha testa, peito, cabeça... Acho que também ele estranhava estar falando tanto assim.

— Luciana...

Me distraí com o som de sua voz dentro de mim. Olhei para ele, seus olhos estavam grudados nos meus.

— Você sabe que sua mãe e eu estamos separados e que você mora comigo, não é?

Balancei a cabeça dizendo que sim, e senti que ela estava ficando cheia de fumaça.

— Pois bem, sua mãe telefonou hoje enquanto você estava no colégio. Disse que foi conversar com o juiz. Sabe o que é um juiz?

Fiz que não com a cabeça já toda enfumaçada.

— Juiz de vara de família é um homem que trabalha para proteger as crianças no que elas precisam.

— Juiz é pai, pai?

Ele engoliu mais água de dentro da boca. Seu copo continuava cheio.

— Pode ser também, os juízes também têm filhos, mas não é isso o que eu quero dizer.

Acho que ele percebeu que eu me distraí.

— Luciana...

Olhei de novo para ele.

— Sua mãe quer que você vá morar com ela. Conversou com o juiz e ele concordou. Para ele, uma menina precisa mais da mãe do que do pai na idade em que você está. Então, filha, a partir da semana que vem, você vai se mudar para a casa de sua mãe e virá me ver de quinze em quinze dias.

Fiquei tão enfumaçada e com tanto sono que não lembro de mais nada. Devo ter dormido na poltrona e papai deve ter me carregado para a cama.

No dia seguinte, acordei ouvindo-o pigarrear no banheiro. Aproximei-me da porta que ele sempre deixava aberta.

— Que foi, pai?

— Náusea matinal.

Volta e meia não entendo o que papai fala...

— Quando vai ser semana que vem?

De repente, não sabia mais fazer conta. Mesmo estranhando a pergunta, ele respondeu:

— Daqui a dois dias.

E pigarreou mais ainda. Agora cuspia na privada. Perguntei o que cuspia, e ele disse: cigarro. Não vi nenhum sair de sua boca. Estava tudo ficando muito esquisito na nossa casa. Me deu sono outra vez. Voltei para a cama. Quando acordei ele estava sentado na cabeceira me olhando. Assim que percebeu que eu estava acordada, disse:

— Seu leite está pronto, filha.

Era impressão ou papai tinha ficado velho? Fui para o espelho para ver se eu também tinha ficado velha. Qual nada, estava igualzinha.

A casa de mamãe é tão bonita... foi o que pensei enquanto chegava em sua casa nova. Ela também é bonita, simpática, sorridente. Não gostava dela. E tinha medo que ela descobrisse. Ao contrário de papai, mamãe falava demais. Não conseguia escutá-la. Em meio às frases, a todo momento dizia meu nome, não sei por quê, muito menos para quê.

Minha cabeça, desde a conversa com papai, nunca mais deixou de ter fumaça. Estou tão cansada disso que nem lhes conto. Talvez por isso mamãe fale tanto meu nome. Deve ser para ver se me chama, porque na verdade não sei onde estou, apesar de saber que estou em sua casa. Aqui é muito bonito, acho que já falei. Muito claro, quase não dá para ver as coisas direito.

No caminho, dentro do carro, mamãe disse tanta coisa que esqueci a metade. Por que será que ela fala tanto assim? Lembro que falou em presentes e programas. Dos presentes que me esperavam, do quarto que foi decorado especialmente para mim, do som que comprou e mandou instalar, do aquário que tem na sala porque gosto de peixes! Não lembro nunca de ter dito gostar de peixes. Acho-os tão tristes, boiando com aquele olhar vidrado... Parecem com papai quando fica contente... bobagem, quando eles boiam é porque morreram, hummm... que horror!

A lista dos presentes não terminou. Televisão nova com controle remoto para o meu quarto. Ah, os programas:

vamos visitar os filhos de uma amiga que são da minha idade, vamos ao cinema, ao teatro infantil...

Vocês podem estar pensando que eu nunca fiquei, antes, com ela. Ficava sim, de vez em quando, porque seu trabalho não era no Rio, era em Brasília, agora é que mamãe veio de vez. Então, como eu ia dizendo, desculpem estar falando desse jeito, estou enevoada demais... Preciso parar um pouco. Não, acho que é melhor continuar; se não contar pode ser um perigo, nem sei qual, mas sinto assim. Bem, mamãe continuava falando, falando, até que resolveu ir para o telefone. Graças a Deus.

Como meu quarto é bonito... cama nova, brinquedos também novos nas estantes. Nenhum livro... Estou com tanto sono... Às vezes, quando deito, vejo arco-íris entre os dedos, mas hoje abri bem as mãos e não apareceu nem uma corzinha.

Acordei com mamãe gritando meu nome, dizendo que a amiga com as filhas pequenas iam chegar e que não era hora de dormir. Levantei como pude. Tentei sorrir, mas não consegui.

Mamãe me levou ao banheiro, penteou meu cabelo, passou perfume atrás das orelhas, e com uma vassourinha macia e peluda fez cócegas nas minhas bochechas. Me puxou pela mão de volta ao quarto, mudou minha roupa, trocou meias e sapatos, acho que não preciso dizer que falava, falava, falava.

A campainha tocou. Sempre me arrastando, mamãe saiu em direção à sala, e num mesmo movimento abriu a porta e abraçou a visita. Só depois pude ver que era uma mulher com crianças em volta dela.

Acho que mamãe dizia: olha, minha filha... minha filha... Não deu para ouvir mais nada. De repente a sala deslizou ao meu redor dando voltas e mais voltas. As meninas entraram rodopiando no escuro. Quando acordei, mamãe, a amiga e as meninas estavam em cima de mim dizendo em coro: está voltando... está voltando... Eu não sabia de onde voltava, nem mesmo para onde tinha ido. Mamãe chorava, e a amiga a consolava. Dizia que ia passar. O que ia passar?

Ouvi mamãe dizer que era melhor chamar um médico já que eu não estava falando, e ela não sabia a razão. E continuava a dizer meu nome sem parar. Fiquei lá, deitada, com a televisão e o som ligados. A fumaça piorava, não só na minha cabeça: o quarto começou a ficar um pouco enevoado. Achei que ia entrar numa nuvem.

Enquanto eu tentava pensar com aqueles barulhos ligados, mamãe voltou a aparecer, dizendo que todas tinham ido embora. Dentro em breve o médico chegaria. Quis perguntar por que mas não saiu uma palavra. Ela sentou-se na beira da cama e ficou olhando para mim sem dizer nada, espantada.

— O que está havendo com você, filha?

Sacudi a cabeça abrindo as mãos para os lados: não sabia.

— Você deve estar doente, Luciana, é bom mesmo que o médico venha te ver.

Sentia pena de mamãe, tão contente com a minha chegada, e eu lá, toda enfumaçada.

A campainha tocou pela segunda vez. De um salto, mamãe desapareceu. Voltou acompanhada. A cara do médico era legal, ele era um pouco encurvado e tinha os cabelos brancos. Ao entrar, disse, olhando pra mim:

— O que há com essa mocinha bonita?

De novo abri as palmas das mãos sem saber o que dizer.

— Vamos ver — disse ele. — O que você está sentindo?

Não sentia nada — afora a fumaça, que não é doença, não sentia nadinha. Mamãe voltou a falar.

— Ela teve um desmaio e, além disso, não está falando.

— Vamos examinar essa mocinha bonita.

Era a segunda vez que ele me chamava assim. Senti um calorzinho. Ele parecia um pouco com meu pai.

— O médico fez um exame extremamente minucioso, é muito cuidadoso, me causou boa impressão. Chegou à conclusão que Luciana não tem nada. Mas acho melhor ela não ir para sua casa esse fim de semana. Talvez eu tenha me precipitado convidando minha amiga com as filhas. As crianças são agitadas, Luciana não está acostumada com muita gente.

Ainda bem que ela pensa que estou dormindo, só assim me dá descanso. Com quem será que está falando?

— Luciana! Luciana! Acordou?

Devo ter feito algum barulho. Ouço seus passos, lá vem ela de novo.

— Estava dando notícias suas para seu pai...

— E o que ele disse?

— Ah, mas que beleza... falando de novo! Pronto, ficou boa! Foi só o médico aparecer, hein? Eu sabia...

— O que ele falou? — insisti.

— Nada, minha filha: ouviu. Como sempre. Seu pai não fala, você sabe disso muito bem, mas deixa eu dizer... Impressionante como vocês crianças reagem bem...

Dizendo isso ela saiu do quarto. Voltou em seguida.

— Vamos jantar fora hoje? Eu tinha prometido, lembra? Acho que você vai gostar de comer num restaurante japonês. Que tal?

Balancei a cabeça. De novo os preparativos de mamãe. Ela não fazia cerimônia com meu corpo, puxava de um lado para o outro e ele não gostava de tanta mexeção. Eu parecia uma boneca emprestada.

Saímos de casa no seu ritmo. Afobadas.

Os pauzinhos trançados parecem um *x* bem grande, ou uma cruz, onde fica Jesus com seus amigos de dor. Esta cumbuquinha é um deles, a outra cumbuquinha outro. Pronto, o calvário está arrumado.

— Luciana, o que você está fazendo aí na mesa?

— Nada, mãe.

— Agora preste atenção e coma, está uma delícia...

Os grãozinhos de arroz parecem criancinhas grudadas umas nas outras esperando para serem engolidas pelas mães. Como não sou a mãe deles, não vou comer nenhum.

— O que está fazendo com o arroz, que mexe, mexe, e não come?

O nevoeiro piorou. Falei que nunca mais deixei de ter fumaça, mas agora tinha muita.

— Luciana, você ainda não provou nada, só tomou Coca-Cola.

Os japoneses vivem brincando também. Fazem comida bonitinha como eu fazia para as bonecas na casa de papai. Elas não devem estar comendo, então também não vou comer.

— Luciana, por que ainda não tocou na comida? Está sem fome? Lanchou tão cedo... não é possível que não esteja com vontade.

— Não estou, mãe.

— Vai querer ovo frito quando chegar em casa, posso apostar. Falei com você, não vai responder?

— O quê?

— Sobre ovo frito. É o que você quer, não é?

— Não, não tenho fome.

Ainda mais ovo que vira aquele sol enorme dentro da barriga, ainda por cima rodeado de nuvem branca. Chega de nevoeiro.

— Em que está pensando, Luciana? Hein? Por que está tão desligada... Para de me olhar e responde.

— O quê?

O garçom aproximou-se.

— A menina não gostou da comida?

— Está sem apetite, não é, filha?

— Hein?

— Está sem fome, não é? O garçom perguntou se você não está gostando da comida, não está ouvindo? — Sorriu sem graça para ele.

— Posso trazer arroz colorido, as crianças costumam gostar.

— Obrigada, quem sabe assim ela se anima...

Criancinhas coloridas, Deus me livre de comê-las!

— Arroz colorido você vai querer, não é, Luciana? Ouviu o que o garçom disse? As crianças gostam e você não vai ser exceção, não é mesmo?

— Desculpa, mãe, não estou com fome.

— Você não gosta de nada, meu Deus, que coisa!

— Quando é que vamos embora?

— Não gostou do restaurante japonês, não é? Já vi tudo... Da próxima vez vamos a uma pizzaria. Só assim não me chateio e garanto que você come!

Colorido como o globo terrestre que tem na casa de papai. Os navegantes fazem as viagens ali. Passam barcos grandes, barquinhos também, levando as crianças para longe. Para o Japão.

— Ainda acordada? — mamãe irrompeu quarto adentro. — Olha, já não comeu! Vê se agora dorme, que o sono alimenta. Boa noite. Amanhã será outro dia. Acho que hoje não tive uma boa ideia levando você a um restaurante japonês.

— Quando é que vai ser quinze dias?

Desde a conversa com papai, me embaralhei nas contas.

— Não entendi...

— Também não entendo...

— Vamos fazer o seguinte, filha: você deve estar cansada, eu também estou, a gente nem está se entendendo. Vamos deixar a conversa para amanhã, está bem?

— Hum, hum.

As mães não andam nos barcos pequenos, nem nos grandes. Elas ficam sozinhas, sem seus filhos, porque falam muito, e aí os barcos podem afundar e as crianças morrem afogadas. Assim que passar um barco pelo quarto vou entrar dentro dele. Pode ser que eu apareça no globo lá de casa.

2

Papai veio me buscar. Chegou tão velhinho que quase pensei que fosse outro pai. Os pais envelhecem assim de repente? Sei lá... Reconheci ele mais pelo cheiro.

Acho que ainda não contei que papai quase não fala. Nesse dia, quando chegou para me buscar, estava mais calado ainda. Devia ter engolido todas as palavras dos livros.

Mamãe se despediu daquele jeito dela: falando... falando... Sua boca não se cansa nunca! Fez tantas recomendações que esqueci a metade. Tão preocupada comigo... Não queria que fosse assim.

Papai e mamãe não conversam. Ela fala e ele escuta. Já eu, faço uma conversa com os dedos das mãos, às vezes dos pés. A mão direita é mamãe; a esquerda, papai. A direita vive cansada de tanto se mexer.

Por falar em dedos, uma vez dei para escrever o número 8. Escrevia ele em tudo. No caderno, na carteira do colégio, na areia da praia, na palma da mão, desenhava ele até com os pés... Nesse tempo andava tão cansada de fazer isso que resolvi contar pra papai. Ele ouviu, como sempre. Qualquer coisa que eu digo, escuta com atenção. Depois, perguntou por que eu não passava para o número nove. Não achei graça nenhuma, mas deixei o oito em paz.

No caminho, dentro do carro, papai perguntou:

— Luciana, você quer alguma coisa do supermercado? Vamos passar em frente.

— Não, pai.

Que frase comprida ele falou agora... Falando, quase sorriu. Sinto medo que papai venha a sorrir. Não é de sorrisos. Pai e mãe são pessoas estranhas... dão até medo na gente.

O carro dele não está correndo, mas ele está. Todo mundo corre. Mamãe corre. Ele não, mas agora sim.

Tão engraçado seu carro! Tem lanterna, se precisar, flanela, rádio (que ele não usa) e ferramentas para se o pneu furar. É esquisita a história de papai com a música. Antigamente ouvia música clássica. Dizia que não gostava de música popular. Acho que não gosta porque elas têm letra, aí não precisa porque tem todas dentro dele. Agora, nem clássica ouve. Deve atrapalhar seu trabalho, senão continuaria ouvindo.

— Estamos chegando, filha.

— Aonde, pai?

— Em casa — respondeu, estranhando a pergunta.

Na casa do globo... quem vai viajar? Não quero mais ir para o Japão. Quero ir para dentro de livro.

— Vamos, Luciana — disse, abrindo a porta do carro.

— Pra onde, pai?

— Para casa.

A atenção comigo estava cada vez maior. E seu olho ficou triste. Por quê? Por que de repente o olho fica assim...? Tem tanta coisa que eu não sei...

Desci junto com ele, não muito junto porque papai não gosta. Manda eu andar sempre na frente, e vai atrás. Mesmo em sua casa eu não sabia onde estava. Sentia suas poucas palavras na nuca, subindo pelo cabelo.

— Venha, filha.

— Pra onde?

— Luciana... Chegamos.

Papai estava muito mais atento comigo do que de costume.

Ah, as bonecas devem estar tão fraquinhas... deve ser porque não comeram nada. Preciso dar de comer a elas.

— Aonde vai, Luciana?

Franziu a testa. Quando fazia assim estava preocupado.

— Ver Tininha.

Quando cheguei no quarto Tininha estava no berço, coberta até as orelhas. Papai pensava em tudo, não sei como conseguia. Tinha tanto o que fazer e no entanto preocupou-se com Tininha e irmãs. Ela tem irmãs. Não é como eu, sem criança. Estavam tão magrinhas... pudera, devem ter ido ao japonês.

— Luciana!

Agora era ele quem me chamava. Diferente de mamãe, mas chamava.

— Hein, pai, que é?

— Vamos jantar. Venha.

— Você deu comida pra elas?

— Não. Esperei você chegar.

Ele olhava para mim com toda a atenção de que era capaz. É tão diferente e igual a mamãe...

— Pai, pra que serve...?

Desisti de continuar a falar. Estava tão cansada...

— O que é, Luciana?

— Nada, nada...

A atenção estava cada vez mais forte. Ele estava falando muito. Não gosto disso; a fumaça fica diferente. Parece nuvem cinza, aquela que esconde chuva.

— Acho melhor você ir se deitar. Se não quiser comer não precisa. Vá dormir agora, está ficando tarde.

Será que vai dizer que o sono alimenta? O que que ele alimenta? É bom perguntar... não, não aguento falar.

— Boa noite, filha.

E fez como sempre, me cobriu inteirinha, com todo o cuidado. Foi tudo igual e diferente de sempre.

Embora deitada e coberta, meus olhos não fechavam de jeito nenhum. Queriam ficar abertos, pensando. O arco-íris apareceu, mas tão fraquinho que mal consegui ver as cores. Resolvi levantar, descalça, não achei os chinelos e papai não gosta que eu pise no chão. Mamãe então... diz que tem micróbios... mas se são bichinhos... que mal têm?...

Será que mamãe está no japonês com as filhas daquela amiga? Aquelas que gostam de brincar de roda? Será que elas comem arroz colorido? Esqueci a cara daquelas meninas que caíram em cima de mim quando saí das nuvens.

Da porta do quarto vi a luz acesa na biblioteca (papai ainda devia estar trabalhando); fui andando pelo corredor até chegar lá. Quando cheguei ele não me viu. Estava sentado em sua cadeira giratória, em frente à janela escura, olhando. Sua mão segurava o queixo. Não estava no computador?! Fiquei olhando papai olhando.

Apoiei o cotovelo no batente da porta, tentando ver o que ele via; escorreguei e quase caí. Ele voltou-se para a porta.

— O que é isso, Luciana, ainda não dormiu? — perguntou, assustado.

— Meus olhos não estão com sono.

— Então vamos ler uma história, quer?

Papai não impunha nada, sempre sugeria, e aí eu tinha que escolher. Às vezes mamãe era mais fácil.

— Tá bem — disse.

Na verdade queria que ele coçasse minhas costas, mas não tive coragem de pedir. Papai não gosta de fazer gestos inúteis. Acho que ainda não falei sobre isso.

Ele levantou da cadeira, e ela andou. Engraçado, cadeira passeando sem dono... Apagou todos os focos de luz, encostou a porta devagar e foi para a sala atrás do livro.

Fazia algum tempo que papai tinha comprado um livro ilustrado grande à beça, com histórias infantis clássicas (segundo suas palavras). Assim que o encontrou, saiu andando pelo corredor atrás de mim. Já contei que ele anda sempre atrás de mim. Entramos no quarto, a luz do abajur continuava acesa. Papai só a apaga quando vem dar o beijo de boa-noite. Sentou-se desconfortavelmente na beirinha da cama abrindo o livro.

— Qual a história que você quer ouvir hoje?

— Não sei, pai...

Mamãe já teria escolhido.

— Bem, você gosta da Rapunzel, do João e o pé de feijão e...

— Não sei...

Ele esperava calado que eu escolhesse.

— Rapunzel.

Decidi, ufa!

— Era uma vez um lenhador, que vivia feliz com sua mulher numa casa simples mas confortável...

— Pera aí, pai... — disse, me levantando e correndo para o banheiro.

Papai levantou atrás de mim. Entrei no banheiro toda embrulhada. Percebendo que eu ia vomitar, ele suspendeu a tampa da privada e segurou minha testa. Vomitei até ficar de perna mole, como Tininha e irmãs. Agora estava fraca que nem elas. Quando acabei, ele lavou meu rosto, e me deu a mão até o quarto. A mão úmida, acho que não enxugou direito.

De novo na cama, ele perguntou:

— O que foi, Luciana?

— Pirulito. Chupei muitos na casa de mamãe.

Seus olhos estavam sumidos atrás dos óculos.

— Pode continuar a ler, pai.

No dia seguinte vi Teo pela primeira vez. Eu estava no quarto, e devia ser muito cedo, papai ainda não tinha acordado. E olha que acorda cedo... Tininha sim, as irmãs dormiam. Estava dando a mamadeira para ela quando ouvi a voz do Teo.

— Ei, ei, menina, estou falando com você...

Não sabia quem falava, muito menos de onde vinha a voz. Podia ser que alguém tivesse entrado e eu não tivesse visto. Olhei para a porta e não havia ninguém.

— Psiu... não está me vendo não, é? Aqui, no peitoril da janela.

Eu olhava, olhava, e não via nada. Quem será que falava...? Será que eu estava sonhando? Tininha arregalou os olhos.

— Você está ouvindo, Tininha?

Inútil perguntar qualquer coisa a Tininha quando ela mama. Quando mama, só sabe mamar. A voz falou de novo.

— Ô menina, levanta daí pra me ver... eu sou pequenininho. De onde está não vai conseguir me enxergar. Vem aqui perto da janela.

Levantei ressabiada, na ponta dos pés. Entreguei a mamadeira na mão de Tininha, que resmungou. Não gostava de mamar com as próprias mãos.

Quando cheguei perto, vi dentro do vaso de flor (que papai comprou para enfeitar o quarto) um bicho pequenininho e verde. Muito engraçadinho. As patas de tão fininhas eram transparentes. Esfreguei os olhos para ver melhor.

— Oi — disse ele. — Tudo bem? Eu me chamo Teo. Sou filhote de grilo. E você?

— Luciana — disse quase soletrando, já que se tratava de um filhote.

Parei de falar porque as irmãs de Tininha acordaram. E quando isso acontece a barulheira é geral. Reclamonas demais!

— O que foi que aconteceu? — perguntou Teo.

Respondi que não ia poder dar atenção a ele porque as bonecas tinham acordado.

— E daí? Elas podem se virar sozinhas...

— Você não conhece elas.

Voltei para perto de Tininha e irmãs, pensando no Teo. Que ficou quietinho, felizmente. Que manhã, meu Deus! Não tinha feito nem xixi, e todo mundo acordado falando...

Papai entrou no quarto.

— Bom dia, filha. Dormiu bem?

— Calma, pai. Preciso ir ao banheiro.

Passei rápido por ele.

— Seu leite está pronto, venha tomar enquanto está quente. — Ele disse e saiu.

Ouvi a frase já dentro do banheiro. Meu xixi estava tão comprido... Devia ser porque guardei muito tempo na barriga.

Voltei a entrar no quarto. As bonecas continuavam reclamando. Disse a Tininha que tomasse conta das irmãs porque papai tinha me chamado para tomar café. Ela entendia tudo que eu falava, impressionante, e era mesmo ótima irmã.

Teo chamou de novo.

— Luciana! Vem cá só um instantinho...

Voltei para perto dele. Dessa vez mais rápido.

— Quando acabar o café volta aqui, preciso muito conversar com você. É sério. Não se esqueça, está bem?

Fiz sim com a cabeça. O que pode ser sério vindo de um grilo?

— Volto sim, Teo. Pode deixar.

Papai me chamou da sala. Quando cheguei, perguntou daquele jeito atento dele.

— Tudo bem, filha?

— Humm, humm.

Às vezes acho que papai errou de profissão; devia ser guarda ou escoteiro.

Como é que eu podia conversar com tanta gente me esperando? A hora preferida de papai falar era quando comíamos, nisso parecia com as irmãs de Tininha.

Papai olhava bem no fundo de mim, ele sabia fazer isso.

— Pai, preciso voltar depressa. As bonecas acordaram.

Ele quase deu um sorriso. Não olhei mais para ele durante o café, aquele medo que viesse a sorrir. Deus me livre de ver meu pai diferente.

Na verdade, pensava mais no que Teo queria dizer. Com elas, estava acostumadíssima. São assim todas as manhãs. Dão uma trabalheira danada.

— Ainda tem leite na xícara, Luciana.

Ele não gostava que eu deixasse nem um pinguinho. Virei a xícara e mostrei o fundo. Olhou bem, até o resto do açúcar. Saí correndo da mesa. Papai ficou lendo jornal. Como sempre.

Assim que entrei no quarto, escutei o barulho das irmãs. Quanto trabalho dão pra Tininha, e ela sozinha, coitada, sem ninguém que a ajude. Bom, agora estou aqui. E Teo, será que ainda estava lá, ou foi o pesadelo da noite?

— Já vi que você tem palavra. Gostei, Luciana — disse o novo habitante do quarto.

Confiado esse grilo. Nem me conhece direito... Chegando perto, pude ver o quanto era fraquinho, coitado... filhote é assim mesmo, todo pequenininho e desengonçado.

— E aí, Teo, o que você quer falar de sério? Primeiro quero te fazer uma pergunta: você nasceu da flor?

— Não... não... — respondeu rindo. — Também tenho pai feito você; aliás, foi ele quem me deixou no quarto. Estou aqui há muito tempo. Meu pai disse que era para eu ficar aqui esperando porque você iria precisar de mim. De um amigo. Você nem estava, não sei por onde andava... Então... quero dizer que de hoje em diante vou ser seu melhor amigo. Em troca, só vou pedir uma coisa: que não fale de mim pra ninguém, ouviu? Vai ser um segredo nosso. E mais, vai precisar me arranjar comida. Sabe o que comem os grilos, não sabe?

— Os sapos.

— Não, não... — Fez ar de riso.

— Não sei... Nunca tive grilo na vida. Não tive nem cachorro...

Esse grilo é estranho. Jeito de adulto. Quem sabe o pai dele é professor também?

Papai entrou no quarto.

— Conversando com Tininha, filha?

Ainda bem que Tininha não falava com papai. Certamente ia responder que não era com ela a conversa, com essa mania de não mentir.

— Estava, pai — respondi, disfarçando.

— Luciana, vou entrar no banho. Se o telefone tocar, atenda.

— Pode deixar.

Papai fazia tudo igual todos os dias, não sei como aguentava... Tomava café lendo jornal, depois se levantava, ia ao banheiro, falava sempre em banho, mas acho que era a hora em que fazia cocô. Devia tomar banho depois, em seguida ia para a biblioteca. E aí, leitura e escritura (como dizia), escritura e leitura. Tomava lanche no final da tarde. Mais biblioteca depois, até a hora do jantar. Depois do jantar, mais biblioteca de novo. Que cansaço devia ser... Não reclamava de Tininha nada, nisso era bem diferente das irmãs.

Mais uma coisa pra fazer... atender telefone. Que manhã!

— Luciana! Luciana! — Teo me chamava de novo.

— Que é, Teo? Não falou tudo o que queria? Não vê que estou cheia de coisa pra fazer?

— Preciso saber se concorda com o que eu disse.

Ele estava sério. Pude perceber porque estava vendo ele de lente. Quase enxerguei uma ruga entre seus olhos. Teo não tem sobrancelha como nós.

— Claro, Teo, que concordo. Quem na vida dispensa grilo amigo?

Não perguntei sobre o que comia, nem disse a ele que não entendia grilo na minha vida, além do mais filhote. Podia ficar magoado. E eu não sei como fica grilo magoado. Tininha me chamou. Estava precisando de ajuda com as malcriadas das irmãs. Fui atendê-la.

— Luciana — disse papai em tom grave. Quando falava assim, era sinal de que era importante. — Hoje vamos à casa de seu tio Manoel. Vá se aprontar; ele nos espera para o almoço.

Que tio Manoel? O que aconteceu com papai? Não gostava de família... Mamãe contou, e eu também já sabia.

— Pai, mas quem é tio Manoel?

Atencioso como sempre, e meio esperando a pergunta, respondeu:

— Na verdade, Luciana, Manoel não é seu tio. É meu amigo há muitos anos, e eu gostaria que ele a conhecesse.

— Ahn...

— Então, vá se vestir.

Estranhíssima, a casa de tio Manoel. Ele também muito estranho. Descobri que papai gostava muito dele. Disse no caminho que seu amigo era excêntrico. Perguntei o que era, respondeu: diferente.

Tão sozinho tio Manoel. Parece que teve mulher e filha. Ambas sumiram. Como é que some mulher e filha, meu Deus? Perguntei se tinha fotografia delas. Nem foto da filha?!

Havia muitas coisas curiosas na casa dele. O que mais me chamou atenção foi um vidro, não muito grande, cheio de ossinhos. Papai também ficou curioso. Engraçado, quando papai não entendia alguma coisa, fazia jeito de quem entendia.

Aquilo que tio Manoel guardava dentro do vidro, e que eram ossinhos mesmo, foram todas as galinhas que ele tinha comido. Depois de comê-las, lambia, lambia, até ficarem limpinhas, então guardava os ossinhos dentro do vidro como lembrança.

Naquela tarde, resolveu me dar o vidro de presente. Papai sorriu. Eu, enfumaçada como sempre, fiquei tonta, como se não bastasse a fumaça.

Os dois conversavam sobre quando eram crianças. Dos passeios que faziam, das brincadeiras, do mar e da boia. Quando eram meninos (imagina papai e tio Manoel meninos!), iam para a praia em dia de mar revolto. A graça era essa. Foi assim que contaram, e aí papai sorriu. Também nessa hora a fumaça aumentou.

Muito bem, muito bem não, muito mal. Jogavam a boia, que era um pneu enorme preto, e lá vinham eles onda abaixo, até a boia estourar na parede da calçada. Imagina o meu pai fazendo isso! Será que não entendia que desse jeito eu podia não nascer? Não gostei nada dessa história de meninos no mar. Aliás, achei tio Manoel muito mentiroso, e papai gostava de ouvir as histórias dele... Ficou bobo na presença do amigo. Como é que pode, papai tão sabido, tão importante, virar menino bobo de uma hora pra outra?

Quando fez sinal para irmos embora, achei ótimo, estava cansada daquelas histórias de quase terem morrido. Grandes coisas menino morrer assim afogado.

Agradeci o presente. Acho que vou dar para o Teo. Será isso comida de grilo? Osso de galinha lambido? Por falar nele, como estará? E eu aqui ouvindo bobagem...

— Luciana, minha filha, vamos então? Manoel deve estar cansado. Vamos deixá-lo descansar.

Cansada estava eu de ouvir história de menino se arriscando a toda hora. Ainda mais que um deles ia ser meu pai.

— Vamos, pai, vamos logo — respondi me levantando depressa.

Tio Manoel, todo comprido (esqueci de dizer que era alto como as vassouras), passou a mão na minha cabeça enfumaçada perguntando se eu tinha gostado dos ossinhos. Das caveiras das galinhas...? O que esperava que eu dissesse...?

— Gostei, tio, obrigada.

Às vezes penso que os adultos acham que as crianças são bobas.

Dentro do carro papai me olhava esperando que eu dissesse alguma coisa sobre a visita. Não falei nada. É coisa que ele faça, ficar contando uma tarde inteira todas as vezes que quase morreu? Não, não ia dizer nada. Aliás, não tinha nada mesmo a dizer. Queria não ter filha sem fotografia igual ao tio Manoel?

E eu, com tanta coisa importante pra fazer... Meu quarto devia estar uma bagunça de boneca e grilo.

Não sei quanto tempo papai ficou no telefone dizendo humm, humm. Quando isso acontecia, eu sabia que era mamãe. Ele escutava, escutava, e raras vezes se perturbava com os telefonemas dela. Às vezes acontecia, mas era raro. Quando terminou, virou-se para mim e disse:

— Sua mãe quer que você vá amanhã cedo para a casa dela.

Como eu ia fazer com Teo? As bonecas, principalmente Tininha, estavam acostumadas com a minha ausência, mas... e ele? Fui direto para o quarto antes de dizer qualquer coisa.

— Luciana, falei com você, minha filha! — disse, elevando o tom de voz.

Será que dessa vez mamãe o perturbou? Dei meia-volta em direção à sala de novo.

— Já ouvi, pai. Espera um pouco, já volto.

— Vai fazer o quê? — insistiu.

— Pai, já volto.

Ih... papai estava ficando muito parecido com mamãe. Como ia aguentar duas mães, já pensou?

Teo tinha ouvido minha voz. Desandou a me chamar. Entrei no quarto com o vidro dos ossos.

— Teo, olha o que eu trouxe pra você. Será isso o que você come?

Grudei o vidro nos olhos dele.

— Não estou vendo nada, sou grilo, não sou cego. Diga o que é.

— Acabei de ganhar, Teo. São ossinhos de galinhas lambidos pelo tio Manoel, amigo de papai. Quer dizer, não é tio... Papai fala tio, por isso estou falando. É amigo dele, há muito tempo, desde o tempo dele menino.

— Quanta história, Luciana, não vê que estou com fome...! Ossinho!? E eu sou cachorro pra você me trazer osso?

— Ossinho, Teo, do seu tamanho...

— Você não entende nada de grilo, Luciana!

— Mal-agradecido é o que você é, Teo — disse, emburrando.

Papai, de novo!

— Luciana, sua mãe ligou, não se esqueça, para você ir amanhã cedo.

Agora tenho certeza que mamãe o perturbou. Meu Deus, quando ele se perturba é horrível... Tudo por minha causa... E eu aqui sem saber o que grilo come... Isso é o que importa, será que não percebem?

— Luciana...

Ih... dessa vez perturbou muito!

— Que é, pai?

— O que está fazendo perto da janela?

Será que ele ouve a voz do Teo? De Tininha e irmãs tenho certeza que não... Ai que nevoeiro horroroso... Daqui a pouco não enxergo o Teo.

— Gostou do vaso de flor, filha?

— Claro, pai.

Respondi olhando pro Teo, morta de medo que ele dissesse alguma coisa.

— Fico contente que tenha gostado.

— Pai — disse, tomando coragem —, agora quero ficar quieta no meu quarto, está bem?

Ele apertou os lábios. Quando fazia assim, era sinal de que as palavras tinham doído nele. Esqueci de dizer que só as palavras conseguiam machucar meu pai. Mais nada.

Tão ruim vê-lo assim, todo apertadinho. Mas eu precisava dizer o que disse. Quando eu desapertava, papai apertava... Ô meu Deus...

— Está bem, só queria dizer que sua mãe ligou querendo que você vá amanhã cedo para a casa dela.

— Já disse, pai, já ouvi. Tudo bem.

Ele saiu. Teo espevitou-se todo. Perguntei, nervosa:

— Teo, se você falar papai escuta?

— Não sei... Como posso saber?

— Teo... você é um grilo que não sabe nada! É melhor chamar seu pai para conversar.

— Puxa, Luciana...

Se encolheu dando um saltinho pra trás.

— Desculpe, é que estou preocupada com sua comida, e também preciso dizer — não sei se você ouviu meu pai falar — que amanhã vou ter que ir pra casa de mamãe.

— Tudo bem, Luciana. Não disse que fiquei um monte de tempo aqui sem você? Agora, ossinho de galinha não como não. Minha comida é outra, ouviu?

Nesse momento as bonecas choraram. Para minha surpresa, principalmente Tininha. Lá fui eu acudi-las de novo.

3

Eu era conduzida sempre da mesma maneira à casa de papai. O motorista de mamãe me levava. Interfonava quando chegava, avisando. Papai mandava que ele subisse. Cumprimentava-o, e esperava que o elevador o levasse para fechar a porta de casa. Sempre do mesmo jeito.

Nessa manhã de sábado, eu trazia nas mãos um envelope que mamãe tinha mandado com a recomendação de entregá-lo a papai, assim que eu chegasse.

— Pai, pra você. Uma carta de mamãe.

Depois do olhar de fundo ele se inclinou para me beijar, senti seu corpo endurecer, o rosto se desgostar. Bastava falar em mamãe... Assim recebia as coisas dela... Não trocavam nada. Só eu, uma menina móvel.

Papai enfiou o envelope no bolso, sem ser o do coração. Perguntei se ia ler. "Depois", respondeu friamente. Parecia que tinha respondido à mamãe.

Corri para o quarto. Pensando em Teo. Como estaria? Nem bem entrei, escutei a voz de Tininha, esquisita.

— Corre aqui, Luciana, corre!

— Calma, Tininha, que que houve?

— Vem ver se acredita... — disse, enquanto eu corria em sua direção. — Olha só aquela boneca ali no canto, perto da estante.

Também tenho livros, não tantos quanto papai, claro, ele teve mais tempo para comprar. Me aproximando, vi uma boneca branca (quase invisível), deitadinha, olhos cerrados. Se digo assim, é porque estavam mais do que fechados.

— Como chegou aqui? — perguntei, surpresa, a Tininha.

— Sei lá, não vi a hora que trouxeram...

— Trouxeram? Quem trouxe?

— É... a não ser que tenha nascido aqui, que seja filha do grilo...

— Que bobagem você disse agora, Tininha... como que boneca pode ser filha de grilo?!

Tentei segurar a boneca no colo. Não pude, de tão esquisita que era. Percebi que era toda feita de leite. Branquinha, branquinha... Como mamou essa boneca, meu Deus! Deve estar entupida. Tentei levantá-la de novo pra ver se conseguia arrotar. Nada, não consegui. Mole e pesada ao mesmo tempo. Dormia, dormia...

Papai apareceu no quarto, não me contive.

— Pai, sabe quem colocou Branquinha no quarto?

— Qual delas é a Branquinha, filha?

Fiquei confusa, não sabia como mostrá-la. Adultos não sabem mesmo ver certas coisas:

— Mostro depois.

Com o aparecimento de Branquinha ia esquecendo o sumiço do Teo. Levantei e fui até o vaso de flor. Olhei, olhei, e não o vi. Quase virei o vaso de cabeça para baixo. Cadê ele, meu Deus? No vaso só restou a flor no alto, cheirando a minha fumaça. As folhas desapareceram com o Teo. Senti que o choro ia aparecer nos meus olhos, fiz força para impedir. Perguntei a Tininha.

— Você viu o Teo? — a voz saiu tremida.

— Não, Luciana. Com o trabalho que as irmãs dão, e a branquela aí no canto, não vi mais nada.

Será que ele morreu de fome? Senti o choro de novo na beira do olho.

Papai entrou outra vez no quarto. Corri para abraçá-lo, quase chorando. Não sei como adivinhou que eu ia chorar em seu colo. Foi entrando e se agachando de braços abertos. Recebeu meu corpo e meu choro. A carta não... Coitada de mamãe, sem um pai assim pra ela.

Ele não disse uma palavra. Eu também não. Como podia perguntar a papai sobre o grilo? Essas coisas adultos não veem mesmo... ainda mais o Teo, que é minúsculo daquele jeito. Fiquei ali molhando a gola da sua camisa. Papai levantou comigo no colo. Eu não conseguia levantar nem a Branquinha... Forte à beça esse meu pai! Levou-me à sala assim desse jeito. Eu estava mais calma. Queria voltar para o quarto.

— Pai... — eu disse, ainda chorosa.

Meu choro quando vem, demora... Uma chatice!

— Preciso voltar para o quarto.

— Você não quer conversar um pouco sobre a Branquinha?

— Não.

O choro secou, felizmente.

— Está bem, filha. Quando quiser falar, venha.

Entrei de novo na confusão. Decidida a achar o Teo. Fui buscar a lente para me ajudar na caça ao grilo. Devagarinho, lente em punho, me abaixei em cada cantinho do quarto. Só encontrava poeira... que sujeira está por aqui... Difícil criar boneca e grilo nessas condições! Deve fazer mal a todos.

Dei de cara com Branquinha de novo, agora de lente. Como as patinhas do Teo, era transparente, de tão leitosa... Pudera, toda feitinha de leite! Garanto que nunca comeu uma bananinha na vida. Continuava dormindo, dormindo, se é que aquilo era sono...

Ouvi a voz do Teo. Sumidinha que nem ele.

— Ei, ei, trouxe minha comida, Luciana?

— Teo, onde é que você se meteu? — perguntei irritada e aliviada.

— Aqui, na mesa-de-cabeceira, em frente ao seu retrato. Estava com saudades...

— Estou atrás de você há horas!

— Estava dormindo. Ué, não sabia que os grilos dormem? Acordei com mais fome ainda, trouxe comida pra mim?

— E as folhas do vaso, pode me dizer aonde foram parar?

— Na minha barriga. Queria me encontrar, não é? Tive que comer pra não sumir de vez.

— Tá bem, Teo. Não tem importância, ainda temos a flor. Ainda bem que você disse o que come, agora que sei, fica mais fácil. Qualquer verdinho, não é? Por isso essa cor, hein?

Na biblioteca, papai apalpava a carta no bolso, andando de um lado para o outro. Por fim, sentou-se, colocou os óculos, suspirou fundo e puxou o papel.

Fiquei espiando da porta, ainda bem que ele não me viu. Até que enfim, vai ler. Continuei lá, para ver como ele ia fazer. Abriu a carta e leu rápido, acho que não devia ter muita coisa escrita, depois amassou e jogou-a na cesta de lixo. De novo (como naquela noite), mão no queixo, e olho grudado na janela sem paisagem. E ali ficou. Depois se levantou e voltou ao computador.

Por que será que jogou a carta fora? Acho que mamãe ia ficar triste se soubesse que suas palavras foram para o lixo. Acho melhor eu ir embora, antes que ele me veja. Fui para o quarto.

Estava distraída, quando, de repente, vi papai parado na porta.

— Que é, pai? Não quer entrar? Vai ficar aí parado?

Quase sorriu de novo. Que havia com meu pai que agora ameaçava sorrir a toda hora? Estava maluco?

— Hein, pai? Quer alguma coisa?

— Está brincando de quê? — perguntou, carinhoso.

— Ah... é hora do almoço das bonecas, é isso. É hora do nosso também?

— Era o que eu ia dizer, filha. Venha almoçar, está na mesa.

Saí do quarto sem olhar para trás. O telefone tocou. Corri na frente para atender.

— Alô! Oi, mãe, é você? Tudo bem...?

Virei-me para papai, sorrindo. Ele ajeitava a comida na mesa. Não levantou os olhos.

— Estou fazendo muitas coisas. Tá, tá... depois eu conto. Pai — disse, tapando o bocal com a mão —, mamãe quer falar com você.

Não sei por que fiz esse gesto. Acho que assisti na novela. Papai pigarreou antes de atender. Tinha pigarros e pigarros, esse era o do aborrecimento. Pegou o telefone da minha mão, tentando controlar o mau humor repentino.

— Hum, hum, hum, ahn, ahn...

Pronto, começou a série de humm e ahn. Além do que, não gosta de telefone. Só usa para trabalho. E olhe lá. Desligou. Deve ser para não falar na minha frente. Os adultos pensam que a gente não entende...

Os fins de semana foram passando, passando, e Branquinha nada. Não dava sinal de vida. Cheguei à triste e séria conclusão de que era boneca morta. Quanta suavidade perdida. Quem a havia matado? O leite??

Tininha e eu, infelizes e cuidadosamente, e até com a ajuda das irmãs (nessa hora serviram para alguma coisa), pusemos Branquinha numa caixa de sapato de papai. Colocamos alguns livros do Tesouro da Juventude (estavam no meu quarto), debaixo da caixa, e arrumamos Branquinha lá dentro. Entre suas mãos pus a flor do vaso, melhor que ficar cheirando fumaça no alto. Já tinha visto na televisão como fazem com aqueles que adoecem de cansaço da vida. Difícil foi levantá-la do chão, pesava leite à beça, mas ajudada como fui, conseguimos. Pusemos a colcha colorida (tinha sido de Tininha quando era pequena), para dar uma cor na pobre da Branquinha. Desse dia em diante tínhamos no quarto nossa anjinha. O leite para ela foi eterno.

Bem mal que as coisas iam, já tinha acontecido um sumiço e uma morte. Estava cansada de sustos.

Ouvi a voz de papai no telefone. Fui pé ante pé corredor afora. Fiquei curiosa. Tão raro acontecer telefonema na nossa casa. Mal alcancei a sala, lembrei do telefonema de mamãe antes do almoço. Devia ser ela, me apressei. Olhem só o que ouvi: primeiro, papai falando; segundo, o que disse:

— Hum... hum, sim, li seu bilhete, hum... sei que está preocupada. Não, não é necessário nos encontrarmos. Não há nada a fazer que não esteja sendo feito. Hum... hum... hum...

Não vai dizer mais nada, garanto… emendou no hum, hum.

— Sim, hum.... hum. Até logo.

Não disse? É sempre assim...

— Pai? Mamãe está preocupada comigo?

— Está.

— E você? Também está?

— Estou.

Essa era uma novidade. Papai também preocupado!?

— Por quê?

— Não se preocupe você.

Já contei quando dava algum assunto por encerrado. Esse estava.

— Está bem, então não me preocupo.

Não me preocupei mesmo. Bastava a preocupação com todas as coisas que têm acontecido com meus entes queridos.

Fui acordada noite escura escura, com barulhos dentro do quarto. Teo estava quase gritando.

— Acorda, Luciana, acorda!

Trôpega, sem entender nada direito e sem enxergar um palmo à frente do nariz, levantei tentando acender o abajur.

— O que que aconteceu, Teo? Já vou, já vou...

— Um bicho aqui quer me comer! — respondeu aflito.

— Que bicho, Teo?

Ainda tateava tentando encontrar o interruptor.

— Um bicho, Luciana, depressa, depressa.

Consegui acender a luz. Ufa! As bonecas resmungaram.

— Calma, Teo, estou chegando aí, já vai...

Papai apareceu na porta, despenteado e com cara de sono.

— O que está havendo, filha?

— Nada, pai — respondi, assustada com sua presença. — Pode ir dormir.

— Você teve pesadelo?

— Pai, pode ir dormir, tudo bem.

— Vem logo, Luciana, ele vai me comer! — gritou Teo, apavorado.

Para minha surpresa, papai não ouvia a voz do Teo. A fumaça da nuvem de chuva tomava conta de tudo, só conseguia enxergar a cabeça de papai lá no alto me olhando desconcertado.

— Vai embora, pai!

Pela primeira vez falei desse jeito. Precisava enxergar naquele nevoeiro todo, e também sabia que, enquanto estivesse lá dentro, a fumaça não passava. Ele me olhava assustado.

— O que está havendo, filha?

— Preciso que você vá embora agora, não está escutando?

— Luciana...

— Pelo amor de Deus, Luciana, o bicho está cada vez mais perto, e a boca dele é enorme! — berrou Teo.

Papai continuava imóvel, agora me segurava olhando fixo. Senti que ia ficar transparente, igual às patas do Teo e à pobre da Branquinha.

— Pai, escuta, só quero ir um pouco perto da janela. Está bem?

— Não vou sair agora, Luciana.

— Então me deixa passar, tenho que salvar um bichinho lá na janela...

Soltou minha mão. Fui andando como pude, esbarrando nas coisas, até chegar onde supunha estar o Teo. Guiada por sua voz, porque o nevoeiro, com papai presente, não cedia um milímetro.

— Teo! — chamei, onde imaginava que ele estivesse. — Não enxergo nada, mas se você me guiar, mato esse bicho, seja ele qual for.

— Está bem pertinho de mim, vê se não acaba comigo também.

— Se afasta então, Teo, deixa de ser burro. Você é um grilo!

Fui pegar um livro para dar conta do bicho. Me estendi como pude para a voz do Teo.

Ouvi papai me chamando.

— Luciana...

— Espera, pai, é rapidinho, já vou. Diz, Teo... onde está o desgraçado?

— Aqui...

E o negrume do nevoeiro não me deixava ver nada. Segui a voz do Teo e joguei o livro com toda a força no peitoril da janela.

— Obrigada, Luciana. Mataste a fera! — disse, exultante.

— Até amanhã, Teo.

Voltei cambaleante, tropecei nos pés de papai e caí na cama.

Quando acordei de manhã, papai dormia no chão, em cima das almofadas ao meu lado.

Papai amanheceu tão diferente nesse domingo, mas tão diferente que, devo dizer, gostei. Estava um anjo, quase igual a Branquinha.

Deve ter dormido de mau jeito, coitado, imagina só um pai estirado no chão... ainda mais ele, que pra dormir se arruma todo. Ficou preocupado com meu pesadelo. Encasquetou isso na cabeça, ainda bem que não escutou a cena do Teo. Por falar nele, tive até pena do bichinho (o tal que queria comê-lo). Era um inseto tão pequenininho, mas tão pequenininho, basta dizer que era menor que o escandaloso do Teo. Não ia dar bronca nele por causa de medo. Medo é medo.

Assim que terminamos o café, papai disse que aquele domingo seria diferente para nós dois. Esperei para ouvir a diferença. Disse assim, assim mesmo:

— Luciana, há algum tempo você me perguntou o que era filosofia, lembra?

Claro que lembrava. Imagina se ia esquecer o que o meu pai gostava!

— Claro, pai, que me lembro.

— Pois bem, se você quiser, hoje posso contar o início da história da filosofia. Quer ouvir?

— Claro, pai... mas por que o início?

— Porque as coisas começam do começo.

Deu por encerrada a explicação, e aí sabem como é. Nem mais uma palavra.

O que deu nele nessa manhã?... Nem bem respondi, pensei no quarto e seus moradores. Como explicar que logo no domingo não estaria com eles?

— Bem, pai, só tem uma coisinha: preciso ir ao meu quarto ver se está tudo em ordem, está bem?

Papai estava com uma cor esquisita. De um modo geral ele não tem uma cor bonita, mas nesse domingo em especial estava cinza, que nem a nuvem que vejo em sua casa. Aquela, da tempestade que desaba depois. Engraçado, na casa de mamãe, ou quando penso nela, a nuvem é branca; na casa de papai ela escurece, e vira negra, negra.

Papai é meio esverdeado, não chega a ter a cor do Teo, mas é puxado pro verde. Mamãe disse que é porque ele nunca toma sol. Verdade, nunca vi. Nesse dia, de verde, ficou cinza.

— E seu trabalho, pai?

— Hoje não vou trabalhar. Vou contar história para você.

Imaginem o que acabei de escutar: papai não ia ficar na biblioteca!... O que será que deu nele? Bem diferente mesmo esse domingo... Dava até pra desconfiar...

Voei até o quarto. Desde aquela hora da madrugada, não sabia de Teo. Das bonecas, então, só ouvi resmungos. Entrei esbaforida, já toda acelerada... Devo ter ficado impressionada com as mudanças de papai. Entrei falando:

— Hoje vai ser um domingo diferente pra todo mundo, não vou poder ficar aqui tomando conta de vocês. Papai resolveu contar uma história pra mim, e eu vou ficar com ele. Tudo bem?

Silêncio geral.

— Por que não respondem?

— Tudo bem... — respondeu Teo, bocejando. — Qual é o problema?

— Não tem problema então. Que ótimo, Teo. E você, Tininha, com as irmãs? Tudo bem também?

— Claro, Luciana. Caso aconteça alguma coisa com elas, pode deixar que eu cuido. — Espreguiçou-se.

— Muito bem. Já vi que posso contar com vocês. Legal, obrigada.

Voltei para a sala animada e descansada.

— E aí, pai, cadê o livro?

Ele estava sentado no sofá; coisa rara, papai sentar em algum lugar que não seja a cadeira giratória.

— Não tem livro, Luciana.

— É inventada?

— Mais ou menos.

— Tá bem, não vou fazer mais perguntas.

Não quis dizer mais nada. Me concentrei toda para ouvir a história de amor do meu pai. Já pensou ele contando uma história, da sua cabeça? Nem um pio.

— Os amiguinhos de Sofia. Essa é a história de muitos meninos de nomes esquisitos: Tales, Anaxímenes, Anaximandro, Heráclito e Parmênides.

Quase disse, puxa! Mas, engoli. Papai me olhava, cinza cinza...

— O primeiro deles, Tales, era um menino que só gostava de brincar com água. Molhava-se à toa, à toa. Vivia na água. Não queria saber de brincar com outra coisa na vida; a água era a única coisa que realmente importava para ele. Estivesse ela onde estivesse, até as pocinhas serviam.

"Tales tinha um amigo, muito próximo dele, não de idade, de amizade, chamado Anaxímenes. Esse amigo, diferente de Tales, preferia brincar com o ar. O vento o impressionava, a brisa, o ar quente e frio. Preocupava-se até com sua própria respiração, e com a de todas as outras coisas.

"Os dois, por sua vez, tinham outro amigo: Anaximandro. Este, vivia sujo, sujo, porque só brincava com barro. E com ele fazia os mais diferentes objetos. Ficava horas perdido construindo coisas. Tinha muita imaginação esse amigo deles, criava coisas surpreendentes a partir do barro.

"Um dia, os três amigos encontraram Heráclito tomando banho no rio. A brincadeira preferida dele era ver o rio correr. Ficava embevecido com o fluir das águas porque achava bonito elas correrem assim sem quê nem pra quê. Assim que eles encontraram esse menino no rio, perceberam que havia outro sentado nas margens com uma pedra na mão, falando sozinho, baixinho, para ela: a pedra é. A areia também é', continuava o menino Parmênides. Tudo é, continuava dizendo. O que não é, não é...

Tales, Anaxímenes e Anaximandro aproximaram-se dele com cuidado, e perguntaram se ele não queria ir para a praça brincar.

— Agora? — perguntou Parmênides.

— Ou é agora, ou não — disse Tales.

"Todos concordaram e seguiram no mesmo instante, tomando o caminho da praça. Lá chegando, encontraram um velhinho fazendo perguntas para todo mundo que passava. Assim que o velhinho os viu chegar, perguntou:

— O que vocês estão fazendo?

— Viemos brincar — responderam quase em coro.

— E o que é brincar? — perguntou o velhinho.

— Ora, brincar é estar na água o tempo todo — respondeu Tales.

— Jogar bola também é brincar?

— Claro — disse Anaxímenes — não é minha brincadeira preferida, mas também é brincar.

— Desenhar também é brincar?

— É — disse Anaximandro — mas prefiro brincar com barro.

— Pular também é brincar?

— É...

"A cada coisa que os meninos diziam, o velhinho perguntava outra. Uma hora os garotos se cansaram.

— Você só sabe perguntar, é? — falaram os meninos quase ao mesmo tempo.

— Sim. Quem sabe responder é o meu amigo Platão, o dono daquela Academia de ginástica ali — disse, apontando.

— E o seu nome, qual é? — perguntou Tales.

— Eu me chamo Sócrates.

— Você sabe algum jogo, Sócrates?

— Não, eu só jogo com perguntas e respostas.

— E o seu amigo Platão?

— Ah, ele tem uma porção de ideias. O mundo dele é cheio de ideias.

"Todos ficaram curiosos.

— E que ideias tem o Platão? — insistiu Tales.

— Ele tem ideias de coragem, de justiça, do bem... Todas as ideias que vocês possam imaginar.

— E por que ele tem uma Academia de ginástica?

— Porque essas ideias ficam lá no alto. E todas as vezes que ele quer visitar as ideias tem que subir muito, numa escada íngreme. Então, faz ginástica para poder ter força e chegar até lá.

— E o que ele faz quando chega lá em cima?

— Desce de novo.

— E o que mais ele faz, Sócrates?

— Entra e sai de uma caverna.

— E o que tem dentro da caverna? — perguntaram curiosos.

— Tem uma porção de gente sentada olhando para o fundo da caverna.

— Nós podemos ir até lá, Sócrates? — pediram, excitados.

"Depois de uma longa caminhada, chegaram todos à porta da caverna. Logo encontraram Platão explicando, para as pessoas que estavam lá dentro no escuro, como era o sol, o azul do céu, as árvores, os bichos, e todas as outras coisas do mundo.

— Por que eles não vêm aqui fora para ver como são as coisas, em vez de ouvir Platão falar, Sócrates? — perguntou Anaxímenes.

— Porque não acreditam em nada do que Platão diz.

— Puxa, que gente esquisita... — comentaram se entreolhando.

"Depois que Platão falou por muito tempo aos homens da caverna e percebeu que não adiantou nada, voltou para a Academia e subiu a enorme escada. Antes de subir, voltou-se para eles dizendo:

— Vou conversar com as ideias; elas são mais inteligentes do que aqueles homens da caverna.

— Todos os seus amigos são esquisitos assim? — perguntou Anaximandro para Sócrates.

— Não, tem um amigo meu que tem bem o pé na terra. Gosta de olhar todas as coisas, saber do que são feitas, o que é bom, o que é ruim...

— E como ele se chama?

— Aristóteles, e mora aqui pertinho, perto do Liceu.

— Amanhã o senhor leva a gente lá?

— Claro, podem passar cedinho aqui na minha casa que levo vocês na casa dele.

— Luciana, agora vamos parar um pouco para almoçar, está bem?

— Ah... pai, agora não, por favor. Continua até o fim.

Estava adorando. Não sabia se era a história, ou papai falando, falando. Engraçado, ele não fazia nenhum gesto, só as palavras se despegavam dele. Continuei pedindo que não interrompesse.

— Pai... Não estou com fome, o que que aconteceu? Conta!

— Bem, então... Tales, Anaxímenes, Anaximandro, Heráclito e Parmênides foram para casa pensando na esquisitice do Platão subindo e descendo naquela escada o tempo todo. E como souberam que ele só subia durante o dia, apelidaram a escada de dialética.

"No dia seguinte cedinho, como combinado, bateram na porta de Sócrates.

— Sócrates! Sócrates! Chegamos.

"Sócrates abriu a porta com a mesma roupa do dia anterior, parecendo nem ter tomado banho. Do jeito que estava, saiu com eles em direção à casa de Aristóteles.

"Chegando lá, encontraram Aristóteles andando de um lado para o outro no jardim da casa falando para uma porção de rapazes e moças que andavam apressados atrás dele.

— Por que ele não para para falar, em vez de ficar andando de um lado para o outro? — perguntou Heráclito.

— Ele tem dois cachorros — respondeu Sócrates. — Quando para, eles começam a latir e ninguém ouve mais nada. Então, tem que falar andando.

— Como é o nome dos cachorros?

— Um se chama Peri e o outro, Patético.

"Os meninos, então, aproximaram-se do grupo dos rapazes e moças para ouvir o que Aristóteles dizia. Como Sócrates, Aristóteles também tinha mania de ficar perguntando. Só que perguntava, e ele mesmo respondia.

"Quando chegaram bem perto, Aristóteles perguntava de que é feita uma mesa, e respondia: de madeira, não é? De que é feita a roupa; de pano, não é?

"E eles andavam, andavam... Sempre que davam uma paradinha, Peri e Patético começavam a latir.

"Cansado de tanto andar, Aristóteles convidou todos para irem ao Liceu, que ficava ao lado, onde podia falar tranquilo, sem Peri e Patético latindo o tempo todo.

"No Liceu, eles ficaram encantados com a quantidade de coisas que Aristóteles tinha lá dentro. Pedras de todos os tipos, plantas de lugares que eles nunca ouviram falar, coisas feitas de material que não conheciam... Muitos papéis com coisas escritas e, num canto da sala, um objeto estranho. Antes que perguntassem o que era, Aristóteles foi dizendo:

— Aquilo é um órgão, meu instrumento preferido.

— Você toca órgão? — perguntaram, surpresos.

— Sempre que eu quero saber o que são as coisas, toco para ficar inspirado.

— Então você é o músico daqui? — perguntou Tales.

— Não, sou o professor.

— E de que você dá aula? É sobre essas pedras, essas plantas, essas coisas todas que estão nesta sala?

— Não, essas coisas todas aí são coisas físicas, eu dou aula de coisas que não são físicas; as coisas que ensino estão na outra sala, que vou mostrar a vocês.

"Eles seguiram junto com Aristóteles. E, ao chegarem, viram que a sala estava vazia.

— Mas aqui não tem nada! — disseram.

— Tem sim, a sala está cheia, e até um pouco desarrumada — respondeu Aristóteles.

— A gente não está vendo nada! — exclamaram.

— Esta sala está cheia de ideias — disse pensativo.

— Iguais às do seu amigo do outro lado da praça, que fica subindo as escadas para encontrar as ideias todas lá em cima? — perguntou Anaxímenes.

— É... só que eu não preciso subir escada. Minhas ideias ficam todas aqui embaixo, junto das coisas que vocês viram aqui ao lado.

— E o que você faz com essas coisas que chama de ideias? E com as coisas que estão lá na outra sala, que são coisas mesmo? — perguntou Anaximandro.

— Ah, as coisas físicas que estão lá? Ah, eu tento juntar essas daqui com as de lá. Juntar as coisas que não são físicas com as coisas físicas. São capazes de entender isso?

"Parmênides, que não era de muito falar, tomou coragem e perguntou:

— Quer dizer que o senhor quer meter as ideias nas coisas físicas?

"Nesse momento, começaram a ouvir os latidos de Peri e Patético. Aristóteles interrompeu.

— Bem, agora tenho que ir andando, os cachorros não conseguem me ver parado durante muito tempo.

"Então os meninos tiveram que ir embora. Foram fazendo para Sócrates uma porção de perguntas, querendo saber se no dia seguinte podiam voltar para ouvir Aristóteles tocar órgão. Ver como as ideias apareciam..."

— Acabou a história, Luciana. Gostou?

Eu estava leve, leve, como nos sonhos em que voava. De repente, percebi que a fumaça tinha diminuído, mal alcançava a altura do rodapé.

4

Esdrúxula, a história que papai contou. Acho ótima essa palavra porque parece que a gente está com a boca cheia de letras antes de falar. Adoro estar no meio de palavras assim, esdrúxulas. Por que será que papai resolveu contar aquela história? Ah..., ele disse que estava preocupado. Será que aquilo tudo foi para se despreocupar? (E eu sei?)

Bem, estou na casa de mamãe, me divertindo com um álbum de retratos; depois conto a vocês. No dia seguinte da história, Tininha disse que mamãe foi lá em casa. Não fosse Tininha a dizer, não acreditaria. Já falei que ela tem mania de dizer a verdade. Ela ouviu tudo que papai e mamãe conversaram porque deixei-a em cima do pufe antes de sair. Volta e meia faço isso; gosto que ela fique perto de papai. Desde ontem as coisas andam muito esquisitas; aliás, desde ontem ouço coisas esdrúxulas. O que será que está havendo?

Tininha estava aflita pra falar, parecia que estava com a boca cheia de palavras, louca para soltá-las logo. Pediu que eu me sentasse porque a conversa era longa, e ela queria contar tudo, tintim por tintim.

— Foi assim, Luciana: seu pai estava no computador, como sempre, quando ouviu o interfone tocando, com insistência. Ele se levantou estranhando; não esperava ninguém àquela hora, muito menos com aquela insistência.

Tininha fala tão bem... Não vou comentar porque senão ela pode se atrapalhar. Sei como são os elogios.

— Aí, ele saiu da biblioteca e foi atender. Devia ser o porteiro avisando que alguém queria subir. Quando vi, ele estava parado no meio da sala sem saber para onde ir, ensaiando a cabeça em várias direções. Recuperou o movimento porque deve ter se lembrado que disse sim no interfone; chateado, cruzou a sala em direção à porta de entrada. Ouvi a voz de sua mãe soluçando.

Lembrei que papai disse no telefone para mamãe que "não era necessário se encontrarem". Não sei por que papai não gosta de ver mamãe... Agora, uma coisa é verdade, ela chora à toa, à toa, por nada mesmo.

— Sua mãe entrou dizendo que estava muito preocupada com você e que não sabia o que estava acontecendo, mas achava que você não estava bem.

Quase perguntei bem de quê, mas resolvi não dizer nada porque Tininha parecia estar afogada em palavras.

— Os dois ficaram em pé no meio da sala e aí seu pai fez um gesto para que fossem para a biblioteca. É o lugar das coisas sérias para ele, você sabe. Achei ótimo porque assim não perderia uma palavra da conversa.

"Assim que se sentou, sua mãe disse que há muitos anos seu pai evitava contato com ela. E voltou a dizer que estava preocupada com você.

Contato? Não entendi...

— Ela queria saber como é que você ficava aqui em casa, porque disse que você não comenta nada do que acontece. Nessa hora, ele se levantou e disse: "Você quer um café? Vou pegar um para mim."

Gozado, Tininha imitando a voz de papai...

— Sua mãe não quis, ficou irritada.

Papai sempre precisa de um gole de tempo para pensar; sempre.

— Sua mãe reclamou, disse que estava falando de um assunto sério e ele interrompendo por causa de um café. Ficou mais irritada ainda. Ele foi andando devagarinho para a cozinha. E ela lá, esperando pra falar. Quando ele entrou de novo na biblioteca, perguntou: "O que acha que está acontecendo com Luciana?" Aí, ela desandou a falar: disse que você mal conversa com ela; que sabe que seu jeito sempre foi assim, que você saiu a ele, mas que agora está demais, não se interessa por nada que ela oferece, não pede nada... que agora está pior, e que sempre se queixa de cansaço. Disse que você devia estar doente. Seu pai perguntou de novo: "Por que pensa que Luciana esteja doente?"

Papai sabe fazer qualquer pessoa falar. Eu também já aprendi, muito fácil, é só ficar fazendo perguntas.

— Sua mãe respondeu que não achava normal uma menina viver cansada e não gostar de coisas que todas as crianças gostam: cinema, praia, teatro, parque de diversões. Nesse momento, os dois ficaram em silêncio, mas durou pouco porque sua mãe não aguentou e perguntou se ele não ia dizer nada. Ele respondeu que estava ouvindo. Ela voltou a falar, dizendo que precisava saber o que ele achava disso tudo. Nessa hora, o rosto dele começou a pular; sabe quando ele fica nervoso... fecha a boca com força e a cara pula. Pegou um dos cachimbos e acendeu. E continuou quieto. Ela voltou a perguntar se ele não ia dizer nada. Ele quis saber como você estava no colégio. Ela respondeu que a mesma coisa: quieta, e ela achava que isso preocupava.

Impressionante... como é que Tininha fez pra decorar isso tudo?

— Bom, mas aí sua mãe disse que continuava difícil conversar com ele. Então ele voltou a ficar mudo e ela também. Ficou olhando para ela com um jeito de quem não gostava dela.

A fumaça apareceu de uma hora pra outra subindo rápido pela barra do meu vestido.

— Acho que sua mãe se incomodou com o olhar dele. Disse que não tinha ninguém pra conversar sobre você, e que ele se recusava a ter uma conversa aberta.

E existe conversa fechada? Agora foi bobagem de Tininha.

— Bom, aí seu pai tirou o cachimbo da boca e, passando a mão na cabeça, disse: "Não tenho queixa de Luciana. O que cabe a mim, procuro fazer da melhor forma possível; acredito que você também. Vamos dar tempo ao tempo, Luciana está crescendo."

— Ela, então, disse que estava perdendo o tempo dela. Sabe o que ele respondeu?

Estou tão impressionada com Tininha...

"Não o perca então."

— Foi aí que ela se levantou e pegou a bolsa dizendo que você não queria vir no fim de semana aqui pra casa.

Nessa hora, ele piscou ligeiramente e perguntou: "Por quê? O que Luciana disse?"

A fumaça já estava na altura dos meus braços, Tininha também estava mergulhando nela, dentro de pouco tempo estaríamos as duas flutuando.

— Sua mãe não disse mais nada, foi embora. Assim que seu pai se viu sozinho, entrou de novo na biblioteca atrás das pastilhas contra azia. Colocou uma na boca e ligou o computador. Não conseguiu mais trabalhar. Ficou andando pelo apartamento. Assim que escureceu, foi se deitar. Antes, no banheiro, demorou mais tempo se lavando. A luz do seu quarto ficou acesa até tarde, ele deve ter custado a dormir. De manhãzinha, sonhou com você chorando num campo vermelho. Pronto, acabou, foi assim, assim mesmo, só tem uma coisa que não é verdade: a última frase, sobre o sonho; quem sonhou fui eu, mas gostei tanto que resolvi contar.

— Acabou?

— Hum, hum... O que que você achou?

— Sei lá...

Não sei o que me acontece, mas todas as palavras sobre papai e mamãe me confundem; até na escola é assim... Coitada de Tininha, fez um esforço tão grande em decorar a conversa toda, e eu sem nada, nadinha pra dizer. O que que eu posso fazer?... Ah, já sei, vou fazer como mamãe quando não sabe o que dizer: beijar. Beijei muito Tininha, depois resolvi deixar esse assunto pra lá, com os preocupados.

Boa ideia mamãe ter posto esse álbum dentro do quarto. Olha eu pequenininha... tão feinha!... A cara de papai..., sempre séria. Ainda não vi nenhuma fotografia dele abraçado a mamãe. Só a do casamento, e assim mesmo segura só um braço dela, como se não fosse mulher dele. Tão cerimonioso, meu pai... E essa fotografia com esses velhos todos rodeando eles dois?

Um velho se mexeu na foto, saindo de trás da cadeira de outro velho muito velho, falando comigo.

— Lembra de mim, Luciana? Brincava que você era um anjinho barroco... — disse titio.

— Não lembro da brincadeira, lembro de sua cara amassada.

— Amassada?

Ele deu risada, e quase esbarrou em todos. Estava bambo, bambo.

— Cuidado, tio, você vai acabar caindo da foto. Quem é esse velhinho aí da cadeira?

— Não precisa dizer meu nome — respondeu o velho velho tirando o charuto da boca.

A fumaça agora estava na foto, que bom!

— Sou seu avô, Luciana.

As outras pessoas começaram a se mover, queriam conversar, estavam alegres. Menos papai e mamãe e eu. Bem, mas eu não conto.

Tão bom encontrar um avô assim de repente. Nunca tinha acontecido. O jeito dele era engraçado.

Mamãe entrou no quarto. Me viu sentada no chão, perna aberta com o álbum no colo.

— Está gostando do álbum, filha?

— Muito, mãe. Foi você quem fez?

— Eu e seu pai quando estávamos casados.

Ela ficou pensativa. Sempre que falava em papai fazia essa cara distante.

— Mãe — falei séria —, agora quero ficar sozinha.

Me olhou de lado. Sempre desconfiados, os adultos. Abriu mais a porta do quarto.

Vovô tinha levantado da cadeira de palhinha e brincava com os outros que estavam ao seu lado. Brincalhão, meu avô.

— Ih, vô, você deu uma baforada na cara dessa senhora, ela fez uma careta.

— Ah... é a Mariazinha. Está acostumada.

Resolveu brincar comigo também soltando uma baforada na minha direção.

— Faz isso não, vô, de fumaça ando cheia, você nem imagina... — disse, engasgando.

Mamãe me olhava pela abertura da porta. Sorri para ela e continuei conversando baixinho com vovô.

— Mariazinha me conheceu, vô?

— Conheceu, meu bem. Quando mudei de vez para o interior ela me acompanhou. Por isso você não se lembra dela.

— Só lembro da cara amassada do tio.

— Visitou você e seu pai muitas vezes...

— E por que sumiu?

— Coisas de família, minha neta. Quando crescer você vai entender...

— Conta... Conta... Vô! Ih, que perigo!... Cuidado, vô!, o charuto vai queimar o cabelo das pessoas.

Desastrado, esse vô!

— Queima não, pode deixar.

Mamãe entrou quarto adentro.

— Luciana! Com quem você está falando? Que história é essa de queimar cabelo?

Tinha que encontrar uma solução rápida. Chamei mamãe para ver a foto.

— Olha só, mãe, está vendo aqui o vovô de charuto na mão? Podia se distrair e queimar o cabelo das pessoas.

Mamãe olhava para a foto e olhava de volta pra mim. Enquanto isso, eu não desgrudava o olho do vovô; queria ver se ia falar. Ao invés disso, com a filha assim tão perto, imobilizou-se. Ele e o resto das pessoas. Falei de novo com mamãe:

— Me deixa sozinha, mãe, estou vendo a família.

— O que é isso, filha? Vai ficar falando sozinha?

— Mãe, por favor, você deixou o álbum aqui, não foi? Agora deixa eu falar o que quiser.

Vovô se mexeu voltando a falar:

— Fica quieta, minha filha. Deixa a menina conversar... — Olhou para a filha.

Vovô não conseguia ficar quieto muito tempo. Agora entendi a quem mamãe tinha puxado. Ela não ouviu o pai falar ou não quis ouvir? Ele continuou.

— Deixa a gente conversar...

Mamãe continuava surda para o pai e a me olhar. Sorri da cara do vovô, piscando o olho pra mim.

— Mãe, por favor, deixa eu me divertir...

Ela saiu andando de costas que nem siri, estranha, de olho arregalado.

— O que há com sua filha, hein, vô? — perguntei tentando localizá-lo no retrato. Agora não parava mais quieto, o velho.

— Ciúme, Luciana, ciúme. Não liga não. Está vendo que estamos conversando.

— Vô, para de andar senão vai acabar estragando a foto.

Sentou-se de novo, sorrindo pra mim.

— Vô, quem é aquele cachorrinho que está deitado ali?

— Ah, é o Chope. Está dormindo, está muito velhinho.

— Ah... chama ele, vô, chama!

— Não adianta, Luciana. Chope não quer nada. Quem sabe outro dia?

— Você acha que ele não gostou de mim? Não quer nem me estranhar...

— Não, filha, não é isso. É sono mesmo, sono de velho. Que nem eu quando adormeço, ninguém consegue me acordar. Chope já tem 15 anos, e isso é velhice aguda pra cachorro.

— Tá, vô, vamos continuar a conversar. Por que Mariazinha não fala?...

— É melhor que não fale mesmo. Quando acontece de dizer alguma coisa, ninguém entende, enrola tudo.

Mariazinha deu risada cobrindo a boca com as mãos, baixando a cabeça, como fazem os atrapalhados.

— Luciana!

— Espera, vô! Mamãe está me chamando. Fica aqui quietinho no chão que eu já volto.

Dei um beijo no rosto do vovô. Ao sair, ouvi um suspiro dele.

Andei chateada até a porta do quarto. Estiquei a cara pra fora perguntando o que ela queria e ouvi um choro. Saí rumo à sala, sem saber o que me esperava. Encontrei mamãe chorando com um lenço pequenininho nas mãos. Devia ser um dos meus.

— Por que não pega um lenço maior, mãe?

Ela balançava tristemente a cabeça com os olhos boiando nas lágrimas.

— Que foi, mãe? A empregada não veio?

Esboçou um sorriso em meio ao choro.

— Não, filha, não... — Continuava balançando a cabeça. — Estou triste e preocupada.

Pronto, fim de papo com a família, sabia. Fui pro colo dela.

— Que foi, mãe? Diz... que é? Para de chorar. Você está sentindo alguma dor?

— Não, estou preocupada...

— Mas isso você sempre está, e não chora.

— É, mas as coisas não estão indo nada bem...

— Que coisas, mãe?

Impressionante como os adultos demoram a falar o que querem. Tem que se ter paciência... Ela ia falar, sabia; enquanto isso eu perdia a conversa da família.

— Hein, mãe? — passei a mão no seu cabelo.

O choro tinha diminuído. Eu olhava para os seus olhos boiadores.

— Que é, mãe? Diz...

Ela assoou, fungou, botou o lenço em cima da mesinha ao lado. A cara era de quem ia falar. Ótimo, só assim acabava aquilo.

— Sabe o que é, Luciana?

— Hein, mãe, fala...

— Estou preocupada com você... — chorou de novo.

Céus! Quando ia acabar esse chororô? Apoiei os cotovelos nos joelhos segurando a cabeça com as mãos. Será que vovô e o resto da família continuavam conversando sem a minha presença? E se eu pedisse a vovô para dar um pulinho aqui, para dar um colo pra filha dele? Não tenho tamanho de colo pra choro de mãe.

— Mãe — disse, olhando pra bolinha preta do seu olho. — Preocupada você sempre está. Acho que isso não tem mais jeito. Agora, chorar... é sinal que você está triste. É isso? Você está triste comigo, mãe?

Fiquei triste ao fazer a pergunta. Bem que papai tinha razão quanto às palavras.

— Não, filha, não... não é isso. E não é com você que tenho que conversar sobre essas coisas...

— Então posso ir?

— Pode... — respondeu, fungando.

— Olha... — falei antes de sair. — Quando o almoço for pra mesa, me chama, tá?

Balançou a cabeça de novo, desolada.

Fui correndo para o quarto, com medo que todos tivessem cansado de me esperar e ficassem como meus pais na fotografia.

— Vô, vô... — cheguei chamando.

— Voltou, Luciana? — perguntou animado.

Ai, que vô legal eu tinha arranjado!

— Voltei, e acho melhor você sair do retrato. Sua filha está precisando de você. Não para de ficar preocupada, coitada, e agora tem choro junto também.

— Ah... — disse, fazendo gesto largo com um dos braços. — Isso é coisa de mãe. Estão sempre preocupadas. São todas assim, não liga não.

Engraçado, acho que vovô ouve o que mamãe fala... e ela não ouve o que ele diz... Por que será?

— É pra não ligar, é, vô?

— Hum, hum. Luciana... — mudou o tom de voz. — Agora vamos descansar. Senão amarelamos depressa.

— Agora, agora? Puxa, ainda queria perguntar tanta coisa...

Difícil ganhar uma família e perder tão depressa.

— Outro dia, outro dia...

Refestelou-se na cadeira. Cheguei a ouvir o barulho da palhinha. Fiquei prestando atenção para ver a hora em que iriam me deixar. Mariazinha me deu adeus. Olhei melhor para ela, e me deu vontade de conversar, ouvir a enrolação. De repente, como se tivessem um maestro na frente, pararam todos no mesmo instante no meio da foto, juntinhos. Tentei chamá-los ainda, mas não adiantou. Até o charuto apagou, a fumaça sumiu. Vovô virou fotografia outra vez.

— Vô, vô?... Tio?

Chamei em vão. De nada adiantou, estavam imóveis, como papai às vezes, ou quase sempre. Fiquei triste e acabei chorando. Deixei em lágrimas minha família de papel.

Mamãe apareceu emoldurada na porta do quarto, com uma camisola rendada comprida como eu só tinha visto em filme de televisão. Devia ser de quando dormia com papai.

— Luciana... — disse com voz suave. — Quer dormir com a mamãe hoje?

Eu estava de olho arregalado para o teto pensando no encontro com vovô, e a frase de mamãe veio cortar a imagem dele. Ainda bem que ele não tinha morrido; os velhos morrem tanto... Mamãe esperava resposta.

— Por quê, mãe?

— Para lembrar de quando você era pequenininha...

Pulei da cama. Quem não gosta de dormir em cama de mãe? Lá fui eu, urso debaixo do braço e o travesseiro pequeno. Senti que também ela estava contente. Assim que deitamos, ela do seu lado, eu do lado que tinha sido de papai, puxei conversa. Ela fez um gesto com a mão para que eu esperasse. Esquecida que estava de dormir com ela, perguntei:

— O que foi? Não posso falar?

— Estou rezando, espera.

Estranha a maneira de mamãe rezar; além das mãos postas, fazia gestos para o alto. Muito engraçado. Ela sabia que eu estava observando; pudera!, não conseguia desgrudar os olhos daquela cena. Deus devia ficar muito lá em cima mesmo. Fiquei ali, com a luz do abajur acesa do seu lado da cama, esperando ela acabar.

— Pronto, acabei!

— Mãe, você faz isso todas as noites?

— Claro, entrego vocês todos a Deus.

— E quem somos nós todos?

— Ah — respondeu meiguinha —, meu pai, meu irmão e sua família, você, e seu pai. E todos os queridos que se foram.

— Que morreram?

— É...

Algumas pessoas não falam a palavra morte, dentre elas mamãe. Por que será? Devem ter medo da palavra. De novo papai tem razão.

— O que está pensando, filha? — Fez carinho no meu cabelo.

— Na morte que vocês não falam.

Não respondeu. Tá vendo só? Palavra dá medo em gente grande. Resolvi mudar de assunto.

— Mãe, você não vai mais casar?

— Não sei, Luciana, às vezes penso nisso, mas não apareceu ninguém que eu goste para casar.

— Mas você já teve uma porção de namorados depois que se separaram, não é?

— Uma porção é exagero; alguns...

— Tá, e você não gostou de nenhum deles?

— Para casar, não.

Ela foi fechando os olhos, falando baixinho, e eu ainda com tanta vontade de falar... Voltei a pensar em vovô, gostei tanto da nossa conversa...

Ouvi mamãe dizer baixinho:

— Vamos dormir, filhotinha?

Seus olhos já estavam fechados, e seu corpo se encolhendo perto do meu.

— Hum, hum.

Dei um beijo nela.

Acordei com a cabeça em cima da mesinha-de-cabeceira, meu urso sumido e o travesseiro no chão. Nem dormindo mamãe sossega, meu Deus!

5

Papai veio me esperar na porta do elevador. Diferente diferente. Falante, simpático, carinhoso. Outro homem. Até o motorista estranhou. Será porque demorei a voltar? Ocupada como estava com a família de mamãe, não deu pra vir antes. Não diria isso a ele; podia não gostar, ficar com ciúmes.

Assim que me viu, foi dizendo que tinha uma surpresa. Para falar a verdade, não gosto muito de surpresas, às vezes não são nada boas, como naquela manhã. Entrando em casa, doida para ir para o quarto, ver meus queridos, dei de cara com uma mulher sentada no sofá da sala. O susto foi tão grande, que parecia que tinham colado meus pés no tapete. Ouvi a voz de papai na nuca.

— Luciana, quero que você conheça Selma, minha amiga. Ela também quer te conhecer.

Fiquei boquiaberta. O que tinha acontecido na minha ausência? Foi só demorar um pouquinho e papai botou uma mulher dentro de casa. Muito bonita a Selma, igual a anúncio de televisão. Loura, sorridente, simpática. Simpática como mamãe. Não gosto de gente simpática; me dá medo. Levantou-se para me beijar; era enorme, fiquei anãzinha perto dela.

— Oi, Luciana, seu pai já me falou muito de você.

Sorriu. Papai sorria também. A fumaça negra invadiu tudo, ainda bem que eu conhecia minha casa como a palma da mão. Dei um sorriso sem graça.

— Filha — disse, todo amável —, sente-se um pouco conosco.

O sorriso no rosto continuava. Ele todo sorria, dos olhos à boca. Chama a isso surpresa? Surpresa horrível! Como eu ia fazer com aquela mulher tão grande em casa? Ocupava quase todo o sofá. Não que fosse gorda, seu jeito é que tomava espaço. Pernas longas, bolsa grande, cabelo comprido. Onde papai tinha conhecido essa mulher? Pensando bem... só podia ser na faculdade. Que outro lugar frequentava? Sorriam um para o outro e para mim. A festa dos sorrisos. Pedi licença; estava sem graça com aquele riso solto sala afora. Com a desculpa de deixar minhas coisas, fui para o quarto pensar um pouco. Assim que entrei, ouvi a voz do Teo.

— Que foi, Luciana, que cara é essa?

Me conhecia bem, o grilo.

— Ah, Teo, vai me desculpar, mas hoje não estou precisando de você não, preciso de amigo gente.

Encolheu-se. Sensível, o Teo. Achei que tinha sido bruta, me desculpei com ele.

— Não posso ficar aqui, Teo, sinto muito, tenho que fazer uma pergunta urgente para uma pessoa que ocupou nossa sala.

Saí confusa.

Papai tinha ligado o som. Todo atencioso, meio sem graça também, como eu, só que eu estava pior. Selma sacudia os cabelos para trás. Como gesticula... não gosto de ver gestos sobrando. Quase ia esquecendo a pergunta, quando vi aquele movimento de cabelo. Lembrei, felizmente!

— Você tem filha? — perguntei de pé em frente a ela.

— Não, ainda não, Luciana — disse, esticando o braço comprido, tentando me segurar.

Ah, então não tem nada mesmo! Continuava sorrindo para mim; não sei como não se cansava. Cada dentão brancão, que nem lhes conto. Papai evoluía pela sala, parecendo vovô na fotografia, de tanto que se mexia. Não encontrava lugar para se sentar. A casa tinha ficado menor, com a presença de Selma. A porta da biblioteca, fechada. Nem sei mais o que estava para acontecer...

Papai me chamou da cozinha. Nem tinha visto ele sair, hipnotizada que estava com a grande Selma.

— Que é, pai?

Andei de lado, em direção à sua voz. Não conseguia desgrudar o olho de Selma. Ela continuava de sorriso fixo. Podia ficar com câimbra no rosto, será que não pensava nisso?

— Selma e eu vamos levá-la ao cinema hoje, que tal?

— Está bem, pai, está bem.

Confesso que tinha ficado meio idiota com a surpresa. Aquilo não era amiga coisa nenhuma, papai devia ter arranjado namorada. Voltei para a sala atrás de mais informações.

— Você é da faculdade, Selma?

De novo o braço comprido querendo me pegar. Gosta de agarrar, que coisa...

— Ah — respondeu toda melosa —, fui aluna de seu pai, agora não sou mais.

Não disse? Só podia ser por lá mesmo, papai não ia a canto nenhum, só na casa de tio Manoel, e aquele não era de achar mulher, ao contrário, dava sumiço nelas.

Selma continuava a me olhar simpaticamente, e a sorrir. Deixei seu sorriso perder-se no ar. Sentei no sofá em frente ao dela. Minhas pernas não alcançavam o chão, as dela iam quase até o meio da sala. Estava de saia curta justa e com meias de nylon. Indecente. Abriu a bolsa e puxou um maço de cigarros. Mais fumaça dentro de casa, ô Deus!

— Estou preparando o almoço...

Papai entrou na sala esfregando as mãos e olhando para nós duas. Parecia que brincávamos de estátua, uma em frente à outra. A estátua gigante se mexeu, puxando conversa.

— Do que você gosta de brincar, Luciana?

— Com as minhas coisas.

Não adiantava explicar, ela não ia entender mesmo. Papai e mamãe não entendiam, que dirá mulher sem filha. Papai assistia a nós duas de rabo de olho, botando a mesa.

— E quais são suas coisas? — continuou a enxerida.

— Muitas — respondi, cortando a conversa.

Fez cara de quem entendeu; sabida. Mexia-se no sofá cruzando as pernas o tempo todo, cada vez tomando mais espaço. Colocou um dos braços no encosto e com o outro fumava, jogando a cabeça e os cabelos pra trás. Imagina se tivesse alguma coisa atrás dela... ia ser cabeçada a toda hora.

A fumaça dela e a minha tomavam conta do ambiente. Ela olhou de canto de olho pra papai. Fiquei prestando atenção naqueles olhares súbitos. Ele, ocupado com talheres, fazia barulho. Como papai estava diferente, meu Deus! Será que tinha ficado desse jeito também, quando conheceu mamãe? E mamãe, quando souber que Selma existe e é desse tamanho, o que vai pensar?

— Você gosta de cinema, Luciana?

A simpatia insistia.

— Hum, hum.

Não queria dar conversa, pra poder observar. Sempre que falo, desconcentro, e na Selma havia muita coisa para ver. Almoçamos com poucas palavras e muitos sorrisos. Acho que nós três nos observávamos. Eu, sem dúvida. Não tenho lembrança de outra pessoa na mesa de jantar em nossa casa, a não ser nós dois. Ele, como sempre, atencioso comigo, e agora, com Selma também. Tomaram vinho. Coisa rara em nossa casa, bebida alcoólica. Ficaram de bochecha vermelha, mais sorridentes ainda. Pude observar melhor.

De noite, na cama, na hora do beijo de boa-noite, tomei coragem e perguntei:

— Pai, a Selma é sua namorada?

Hesitou antes de falar, ajeitando o lençol, acho que pensando no que ia responder.

— Quase.

— Pai, quase não é resposta.

Esboçou um sorriso.

— Digamos que sim, então.

— E quando você a conheceu?

— Há alguns anos, mas só agora nos aproximamos.

Ih... fez olhar distante, igual a mamãe quando fala nele.

— Você gostou dela, Luciana?

Me lançou aquele olhar de fundo.

— Mais ou menos.

— Também não é resposta — respondeu, sorrindo.

— Não gosto muito de gente simpática.

Não quis explicar, estava cansada. Ele franziu as sobrancelhas, dessa vez brincando. Que pai diferente eu tinha agora.

— Está bem, então agora vamos dormir.

Me beijou e saiu do quarto.

Virei de lado, e só via Selma na minha frente, seus cabelos longos flutuando, pra frente e pra trás, pra frente e pra trás.

Sonhei com uma boneca gigante que não conseguia carregar. Acordei cansada e suando. Olhei pra Tininha e irmãs, achei que tinham encolhido de noite.

O telefone estava tocando, continuei na cama. Ouvi a voz de papai diferente, falando. Não desligava. Quem seria, àquela hora da manhã? Resolvi levantar. Papai não tinha aparecido no quarto para o beijo de bom-dia.

Quando cheguei na sala, ainda de camisola, vi papai deitado no sofá, de pijama, com o fone no ouvido. Seus pés roçavam um no outro. Cara sorridente, piscou o olho pra mim e continuou falando. Sentei na ponta do sofá; ele esticou o braço livre e passou a mão na minha cabeça. Continuei ali, parada, junto do meu diferente pai. Quando acabou a conversa, mandou um beijo.

— Quem era, pai?

— Selma... — De novo o olhar distante, marca registrada de mamãe.

Já? Nem bem acabaram de se ver ontem, e já ligou, pra falar o quê? Ih, estava namorando mesmo. Será que minha vida ia mudar? Ele estava diferente... Como é que eu ia ficar? A névoa se instalou. De noite, no sono, ela me dá descanso. Dependendo do dia, é pouca ou muita. Senti que o nevoeiro seria intenso, como na véspera.

— O que ela queria, pai?

— Dar bom-dia.

Voltou-se para mim.

— Bom dia, filha, ainda não nos falamos. Dormiu bem?

— Mais ou menos... sonhei um sonho que me deixou cansada.

— Como foi o sonho? — Esticou-se, me abraçando.

— Com uma boneca enorme que eu não conseguia carregar.

Papai olhou para mim longamente, passando a mão na minha cabeça, penteando meus cabelos com os dedos.

— Pai, estou te achando tão diferente...

— E devo estar mesmo, Luciana — disse, acomodando-se melhor no sofá.

— Por quê?

— Estou contente, filha.

— Por causa da Selma?

— Hum, hum — murmurou, voltando a me abraçar.

— E agora, só vai pensar nela?

— Também.

Levantou-se devagar. Percebi que o assunto tinha encerrado.

— Vamos tomar café?

— Hum, hum.

Ameaçou corrida ao banheiro, apostando quem chegaria primeiro. Corri, escorreguei, e quase caí na entrada, no chão gelado.

— O que foi, Luciana?

— Tô cansada, já falei do sonho. Pai, hoje eu queria ir pra casa de mamãe. Sei que não é o dia, mas estou com saudade dela — falei com medo que ele pudesse não gostar.

Papai parou no meio do banheiro me olhando; estava na hora do olhar de fundo. Foi o que fez.

— É isso mesmo o que você quer?

— Hum, hum... Posso ir depois do café?

— Claro, levo você lá, ia mesmo sair...

— Ia sair?

— Selma lembrou que vamos almoçar fora.

No caminho papai insistiu no almoço, não antes de buscar a namorada. Outro dia inteiro de Selma. Depois de mais vinho e risos, os dois foram me deixar. Estava cansada, preferia ficar com a família de mamãe. Será que vovô ia gostar de conversar mais um pouquinho?

Na portaria do prédio, pedi a papai que subisse até o apartamento. Ele disse que faria como sempre: interfonaria. E quando eu chegasse lá em cima, seria a minha vez de avisar. Não sei por que insisti tanto para que ele subisse.

Queria muito. Delicadamente, ele disse não. Subi triste. Deixei Selma com o olhar nas nuvens.

Fui para a casa de mamãe porque não queria ver sorrisos bobos, sem razão de ser. Cansa, ficar idiota o tempo todo. Mamãe estava no quarto quando cheguei, em frente à penteadeira. Devia estar se arrumando. Será que tinha arranjado namorado também? Assim que me viu entrar, veio correndo me abraçar. Não sei se já disse que ela é muito carinhosa, gosta de abraçar e beijar a toda hora, bem diferente de mim e de papai. Às vezes me cansa um pouco, preferia que me ouvisse, em vez de carinhos exagerados. Mas com ela era assim.

— Oi, filha, que surpresa boa! Deu formiga na casa do pai?

Mal sabia o tamanho do formigão... mas eu é que não ia falar... Nunca sei qual a reação que mamãe pode ter. Pelo jeito, não sabia da novidade.

— Estava com vontade de vir pra cá, mãe, falei com papai e ele me trouxe.

— Não programei nada, Luciana — disse, desconcertada.

— Melhor, mãe, você sabe que prefiro ficar em casa.

— O que vamos fazer, então? — perguntou, perdida.

— Não precisamos fazer nada.

— Nada?

— O que tem não fazer nada, mãe?

Me olhou sem entender. Mamãe não entende que se pode ficar quieta, em casa, se olhando de vez em quando, assim, sossegada.

— O que você ia fazer hoje, mãe?

— Me cuidar, raspar as pernas, passar um creme novo, tirar sobrancelhas, faxina geral...

— E por que não faz?

— Você vai ficar fazendo o quê?

— Eu me arranjo, pode deixar.

Mamãe estava igualzinha. Seu jeito de sempre me deu certeza de que não sabia nada do que estava acontecendo com papai. Comecei a sentir vontade de contar, e a duvidar se seria bom que ela ouvisse. Medo da reação, tem reações esquisitas. Mas a vontade continuava. Ela voltou para a frente da penteadeira, se olhava no espelho, meu olhar estava no espelho também.

— O que foi, Luciana? Está com uma cara diferente, quer dizer alguma coisa?...

— Nada, nada — respondi, desviando o olho.

Melhor ver uma mãe só, assim no espelho via duas. Demais. Minha língua coçava de vontade de falar.

— Mãe, preciso comer alguma coisa.

— Ainda não almoçou? — disse, se alvoroçando.

Comida era assunto que deixava mamãe nervosa. E eu só queria comer para ver se passava a vontade de falar.

— Não, mãe, não é isso. Almocei, sim.

Não entendeu, nem podia. Fui até a geladeira. Impressionante, dentro só coisas que não engordavam; como se ela fosse gorda... Não achei nada que pudesse comer.

— Encontrou alguma coisa?

— Não, mãe.

— Não estava te esperando, filha, quando você está aqui me preparo.

Estava com uma cara horrível, toda repuxada, brilhando.

— Que é isso no rosto, mãe?

— Ah... — não conseguia falar direito —, é um gel que passo para a pele descansar.

Coisa horrível, deformada... Será que quando eu crescesse ia ficar desse jeito? Passando coisas em mim? Mamãe ia do quarto ao banheiro, do banheiro ao quarto. Como mexia nela mesma... Uma coisa!

— O que você está com vontade de comer, filha? — perguntou entre dentes, por causa do mel.

Mel? Sei lá... Não era fome. Olhei de novo para ela, a vontade chegou na ponta da língua.

— O que é, Luciana... quer dizer alguma coisa?

— Sabe o que é, mãe?

Quase disse... Engoli Selma a seco, sem nada para ajudar. Um esforço enorme, do tamanho da grandona.

— Vontade de comer biscoito...

— Ah... biscoito temos, é que você não encontrou — disse, querendo sorrir sem poder, segurando o rosto com as mãos.

Pegou um banquinho para alcançar a lata. Mamãe tem altura normal, nem baixa, nem alta. Mas o armário da cozinha, não sei por quê, ficava nas alturas. Tamanho ideal para Selma. Mamãe foi lavar o rosto e, de vez em quando, dava tapinhas na cara.

— Por que está se batendo, mãe?

— Ativar a circulação. Depois de uma certa idade temos que fazer tudo isso.

Agora estava sentada na privada, com uma das pernas em cima do bidê. As pernas também estavam com uma coisa brilhenta.

— E nas pernas, o que tem?

— Ah... cera, para depilação.

Eu estava encostada na porta do banheiro, assistindo às dores que mamãe se infligia. Ela deu um gritinho na hora de puxar a cera das pernas. De novo a vontade de falar dava comichão na língua. Fui para a cozinha atrás dos biscoitos.

— Você almoçou mesmo, Luciana? — gritou lá do banheiro.

Voltei para a porta do banheiro, a sessão continuava. Agora estava com a cara quase grudada no espelho, óculos na ponta do nariz e, com a pinça, arrancava uns fios da sobrancelha. A cada fio, um grito, e o olho lacrimejava. Não aguentei, senti meus olhos se encherem d'água também. De repente, estava igual a Tininha. Ela é assim, sente tudo que eu sinto. Me deu saudades.

— Mãe... por que você faz isso com você?

— É preciso, Luciana, uma mulher tem que se cuidar. Como dizia minha avó: "Quem não se enfeita, por si se enjeita."

Quanto sacrifício! Na casa de papai cansei de alegria; ali estava cansando de sofrimento.

— Quando você vai acabar com isso, mãe?

— Está quase terminando — disse, sorrindo.

Pelo sorriso, não sofria tanto assim. Pensei em Selma, comparei-a a mamãe. Mamãe era mais velha e menos bonita, me deu tristeza, mas o que fazer? A vontade de contar surgiu forte de novo. Mamãe estava tão preocupada com ela mesma, que felizmente não percebeu. Perguntei outra coisa, que no fundo era a mesma.

— Mãe, você está namorando?

— Não, por quê?

Não estava namorando; em compensação, papai...

— Bem — disse triunfante —, acabou-se o que era doce.

— O que era doce!?

Quer dizer, gostava desse sofrimento miúdo. Que medo de ficar mulher, das coisas que poderia vir a fazer comigo.

— E agora, filhota, o que vamos fazer?

— O que você vai fazer, não é? Eu já estou fazendo, estou aqui olhando.

Sorriu, me beijando. Não disse que é carinhosa?

— Que tal jogarmos baralho?

— Quero não, mãe.

— Por que não?

Não iria me concentrar no jogo. A todo instante a vontade de contar apareceria. Se mamãe ficasse na minha frente me observando, ia acabar contando, me conhecia. Pedi pra ler revistinha.

— Dentro da gaveta no seu quarto, Luciana, você sabe que a mamãe compra todas as novas que saem.

Não sei por que de vez em quando mamãe se refere a ela pelo nome, deve ser quando se acha boazinha. Fui para o quarto devorar revistinhas. Ouvi quando ela ligou a televisão.

De noite, na cama, assistíamos à novela. Falei na hora do comercial, só nesse momento podíamos nos comunicar.

Ninguém imagina o que é mamãe assistindo às novelas... Exige silêncio total.

— Mãe, eu nasci da sua barriga?

— Claro, Luciana, que pergunta!...

— Posso deitar com a cabeça em cima dela?

— O que está havendo agora, hein?

De vez em quando fica assustada comigo, eu também me assusto com ela. Levantou a cabeça do travesseiro pra ver o que eu ia fazer. Deslizei da grade fria da cabeceira até à barriga.

— Posso levantar sua camisola e deitar em cima dela, mãe?

— Luciana!, o que está havendo?

— Deixa, mãe, é só um pouquinho, prometo.

Concordou, constrangida. O pedido era esquisito para ela, mas eu sabia o que eu queria: a vontade de contar não me deixava em paz. Levantei a camisola e deitei com a cabeça em sua barriga quente. O comercial tinha terminado, ainda bem. Ela estava distraída com a novela. Então fiquei ali deitada, quietinha, e aos poucos, devagarinho, fui virando o rosto, até ficar com a boca colada no umbigo. Ali, falei baixinho, mas bem explicado:

— Papai arranjou uma namorada. E é grande, muito grande.

Mamãe levantou a cabeça do travesseiro, me olhando enviesada, reclamando que eu estava fazendo cócegas. Levantei também a cabeça, aliviada, abaixando a camisola.

— Tudo bem, mãe.

Ela fez um gesto com o dedo na boca para que eu me calasse; os olhos pregados na cena de amor.

6

Algum tempo se passou até que eu voltasse à casa de papai. Tempo esquisito, em que não tive nenhuma vontade de falar com ele. Várias vezes ele telefonou para saber como eu estava. Não gosto de telefonemas.

Quando cheguei, papai estava tão carinhoso, me abraçou tão forte, acho que estava com saudades, e eu também. Mas, outra surpresa, das grandes, me esperava. Vejam o que ele disse assim que me viu:

— Luciana, preciso dizer uma coisa muito importante para você.

A cara era ao mesmo tempo alegre e séria.

— Diz logo, pai, não gosto de surpresa. Já disse isso a você.

Ficou quieto quieto. Olhando de fundo, diferente. Que coisa impressionante um pai mudar assim desse jeito.

— Luciana...

— O que é, pai? Diz logo!

— Selma e eu vamos nos casar.

Me fiz de estátua (agora dei para isso: quando as coisas se complicam, como tem acontecido ultimamente, fico assim, imóvel). Meu pai diferente continuou olhando pra mim; comecei a me sentir diferente também... para pior.

— Pai, vou para o quarto.

Ele tentou ir atrás de mim, mas andei depressa. Deitei de bruços na cama e ali fiquei. As bonecas me chamavam, Teo também. Fiquei ouvindo vozes. Minha cabeça estava vazia. A fumaça boiava em tudo, como ondas negras e cinza. Não tinha força nenhuma, para nada.

— Luciana, vamos conversar? — disse papai, sussurrando, e sentando-se na minha cama.

Virei de frente, papai estava longe... quase precisava de óculos para enxergá-lo. Fiquei ali, deitada, de barriga pra cima, olhando o novo pai distante. Não sabia o que pensar, muito menos o que dizer.

— Que é, pai?

— Vamos conversar?

A voz era doce. O rosto dele fugia e voltava, sem parar.

— Sobre o quê?

— Meu casamento.

— E sobre isso se conversa?

— O que você acha?

Estava ficando cansada com a cara dele indo e vindo.

— Não acho nada, pai. Estou com sono — bocejei.

Ele ficou me olhando. Minhas pálpebras pesavam... Estava com um sono... que nunca tive igual; só queria dormir, dormir... talvez como Branquinha.

Não sei a hora em que ele saiu do quarto. Acordei de manhãzinha, com o telefone tocando. Como papai não atendia, me arrastei até a sala. Ouvi a voz alegre de Selma.

O casamento seria na igreja ortodoxa russa, escolha da família dela. Parece que o avô era russo, sei lá! Minha casa virou um tumulto: presentes chegavam, e Selma a toda hora lá dentro. Decidiram que ela iria morar lá, o apartamento tinha dois quartos e o dele era bem espaçoso. Era um tal de telefone tocar que vocês não imaginam. A porta da biblioteca nunca mais foi aberta. O computador silenciou. Papai só não descuidava das aulas na faculdade, e de mim de vez em quando. Os dois viviam juntos pra cima e pra baixo. Ele comprou cama nova e outras tantas coisas para casa. Tudo gosto de Selma. Estavam tão contentes na companhia um do outro que nem lhes conto. Mamãe precisava saber. Não entendia muito bem por que ela não podia ir a essa festa, mas quando papai dava algum assunto por encerrado, sabem como é. Quem daria a notícia à mamãe? Ele disse que comunicaria. Fiquei ali, naquela agitação, com aquele pai diferente, e Selma dentro de casa.

Sempre que eu estava lá passava a maior parte do tempo conversando com Teo. Nessas horas, Tininha não servia pra grandes coisas, tinha a capacidade de ficar igual a mim. Pode uma boneca assim? Se eu estava alegre, Tininha sorria; se entristecia, chorava. Já falei sobre isso; ando me repetindo. Teo era bem diferente e foi de grande ajuda nesses dias de mudança. Bem que disse que eu ia precisar de um amigo.

Era tarde da noite quando o telefone tocou. Ainda estava acordada batendo papo com Teo. Papai e Selma ouviam música e conversavam na sala. Não tinha nada mesmo o que dizer a eles, muito menos o que ouvir. Escutei a voz de papai diferente, como antigamente. Peguei no sono.

De manhãzinha, papai apareceu com a cara de antes, a que eu conhecia e gostava. Disse que precisávamos conversar. Estranhei ele estar como antes, me recostei na cama para ouvir.

— Luciana, sua mãe se acidentou. Nada grave, minha filha, mas quer te ver — disse fixando-me com ar sério, segurando minha mão entre as suas, fazendo carinho.

— Quê? — perguntei, atônita.

— Tanto não é sério, filha, que foi ela mesma quem telefonou. Parece que levou um tombo da escada do prédio onde trabalha. Teve uma fratura na perna e outra no cotovelo.

Levantei zonza, buscando a roupa.

— Espera, filha, aonde vai?

— Me vestir — respondi, tonta.

— Vou levá-la ao hospital.

Fomos os três de carro — papai, Selma e eu. Agora só saíamos assim, junto com a comprida. Não demos uma palavra no caminho. Não havia o que conversar com Selma sobre mamãe, só com meu pai, mas agora, ela sempre presente, nada a dizer. Ele também estava preocupado, notei. Quando fica nervoso, a cara pula. Sempre assim, não falha. Olhei para Selma pra ver se percebia. Qual nada! Não conhecia meu pai.

Entrando no quarto do hospital, vi mamãe deitada na cama. Perna esticada pro alto, toda branca, e braço pendurado num troço, que eu não sabia o que era, também todo branco. Papai me acompanhou até a porta; não quis entrar. Selma desapareceu assim que chegamos ao hospital. Ela sumir era um espanto, tão grande era. Mas eu não estava preocupada com seu sumiço, estava ali vendo mamãe, diferente também.

— Mãe, o que aconteceu?

— Caí da escada do trabalho, filha. Rolei alguns lances, nem me pergunte como, porque não sei explicar...

— Ô mãe... — abracei-a com cuidado.

Me deu tanta pena de mamãe, que nem lhes conto. Toda branquinha, deitada, fraquinha... Ih... lembrei da Branquinha! Será que mamãe também estava se desbotando com a vida? Afastei o pensamento, ajudando com a mão também. Nem falando direito mamãe estava. Como eu ia me arrumar com uma mãe quebrada?

— Luciana, vou precisar de você quando sair do hospital — disse, sem força.

— Pode deixar, mãe. Vou te ajudar a ficar boa de novo.

— Seu pai está aí fora?

— Você quer que ele entre?

Já ia levantando para buscar papai, quando ela disse:

— Não, Luciana, não, se ele quisesse teria entrado, pode deixar. — Um fio de voz.

Fiquei no hospital durante algum tempo, não sei quanto, porque mamãe dormiu e eu também, na cadeira. Acordei com a enfermeira dizendo que papai estava me esperando no corredor. Levantei, cheguei bem perto de mamãe, que ressonava de boca aberta, e dei um beijo no seu rosto. Ela acordou de levinho. Eu disse que já ia, papai estava me chamando. Antes de sair, perguntei se sabia que ele ia se casar. A enfermeira olhou de rabo de olho. Respondeu que sim, baixinho. Papai havia lhe contado no dia do acidente. Me olhou com um olho tão triste, mas tão triste, tão diferente do olho dela, que eu não soube o que dizer.

Voltou a fechar os olhos. Ouvi a voz da enfermeira dizendo que seria melhor deixá-la descansar. De um momento para o outro as pessoas estavam mudando completamente. Saí do quarto querendo alguém sempre igual, sem ficar diferente de uma hora para a outra.

Na volta, perto do carro, vi Selma cheia de sacolas nas mãos, do outro lado da calçada. Atravessou a rua em nossa direção. Andava como se estivesse em meio a uma ventania, balançava toda, estranhíssima. Papai voltou a ficar diferente de novo. Curiosa, perguntei onde ela havia se metido. Respondeu que tinha ido fazer compras para a nossa casa. Nossa casa? Gelei.

Vim com a cabeça grudada no vidro do carro, pensando em mamãe no hospital, fraquinha e sozinha. Como eu ia fazer com uma mãe quebrada e um pai todo contente?

No dia do casamento eu não conhecia ninguém, só papai e Selma, mas ela não conta. E olha que era um montão de gente naquela igreja. Durante a cerimônia fiquei ao lado dele, segurando sua mão, brincando com a aliança. Aliás, nós dois brincávamos: eu tirava, e ele, com os outros dedos, botava. Papai e Selma se olhavam quase o tempo todo, sim, sim, sim. Havia fotógrafos tirando fotos. Um pai pode ter dois álbuns de casamento?

Na festa, as pessoas me olhavam curiosas, e com certa bondade; me afastei, enojada dos seus sorrisos, me sentindo estranha demais. Havia outras crianças, mas não quis brincar com elas, eram amigas entre si e eu nunca tinha visto a cara de nenhuma delas. Fiquei ali sobrando, vagando, de um canto ao outro, pensando em mamãe que já estava em casa, mas ainda toda dura. Quando acabassem aqueles abraços e beijos, ia voltar para cuidar dela. E tinha mesmo que ir, papai e Selma iam viajar e o apartamento ficaria fechado.

De repente, Selma não era mais noiva, passou afobada se despedindo de todos com a alegria estampada no rosto. E papai? Olhei em volta e já ia chorar quando o vi aproximando-se de mim, também com roupa diferente da que tinha usado na igreja. Abaixou-se ao meu lado. Colei minha mão na dele... um dia ainda arranco a mão de meu pai! Fomos andando até a calçada, Selma na frente, aflita para sair logo, nós dois de mãos dadas atrás. Ele apressou o passo. Por que essa pressa agora? Quando estávamos perto do carro que os levaria, abaixou-se de novo, dizendo que a irmã de Selma me deixaria na casa de mamãe. Vi a cara de uma mulher mais velha, sorrindo em meio à multidão. Não queria largar a mão de meu pai. A cara dele começou a pular, estava nervoso também. Abaixou-se de novo e me espremeu contra o peito. Desandei a chorar, pedindo para entrar no carro. Ele respondeu que desta vez não poderia me levar. Pedi de novo, dizendo que não iria com eles, mas que podia me deixar na casa de mamãe. Selma entrou num carro esquisitíssimo, pintado de branco em várias partes, acenando para as pessoas que se encontravam em volta. Eu continuava com a mão colada na de papai. As pessoas se despediam dele também, dando tapas nas suas costas. Coisa horrível, casamento... Fomos meio empurrados para dentro do carro, só que ele entrou e uma mão segurou meus ombros evitando que eu entrasse também. Olhei para cima, eram as mãos da irmã velha. Sentado no banco do carro, rosto pulando, papai olhava pra mim com aquele olhar de fundo, que eu tanto conhecia e amava. Chorava de quase não enxergar, com aquela desconhecida tentando conversar comigo naquela hora...! O carro deu a partida levando, quem sabe para sempre, meu querido pai.

Mamãe andava triste que nem lhes conto. Quebrada. Trocamos de temperamento: ela ficou quieta, e eu desandei a falar tentando alegrá-la. Não coincidíamos jamais. Sabia lá o que estava acontecendo? Também me sentia triste, mas se fosse ficar como mamãe, nem sei o que poderia nos acontecer... Vivíamos em casa, quase o tempo todo, não dava para ela se locomover; até para fazer xixi era na cama, uma trabalheira! As coisas estavam tão difíceis, que ela resolveu contratar uma enfermeira. Dei graças a Deus; estava exausta! E olha que gosto de ajudar.

Precisavam conhecer a Mercedes: descendente de índios, baixinha, baixinha, acho mesmo que era anã. Tinha olhos grandes que nem o Teo, só que bem pretos. Sabe que esqueci a cor dos olhos do grilo? Tem tanto tempo que estou aqui, que esqueci. Acho que esqueci a cara de Selma também.

Eu ficava em casa dias inteiros; às vezes saía com Mercedes para ir à padaria. Não que não pudesse ir a outros lugares, mamãe até insistia, mas eu estava com uma tristeza... Com mamãe não podia desabafar. Pensei em conversar com a enfermeira. Uma noite, mamãe já dormindo, sentei perto dela. A baixinha me olhou muito, sem dizer nada. Acho que em mutismo ganhava de papai, quer dizer, do meu antigo pai, antes de Selma.

Não sabia nada da vida de Mercedes, nem ela da minha. Se ela quisesse, podíamos ser amigas, éramos praticamente do mesmo tamanho. Não sabia como começar a conversar e resolvi falar qualquer coisa. Acho que ela sentiu; deixou a revista de lado.

— Onde você mora, Mercedes?

Recebi em cheio seu olhar frio.

— Perto daqui.

Encolheu-se, não como o Teo. Não demonstrava medo.

— Qual bairro?

— Catete.

Logo com ela decidi falar... Resolvi mudar de tática, falar de mim.

— Mercedes, sabe que eu estou triste?

Seu olho não saía de cima de mim, agora as sobrancelhas estavam no alto, juntinhas. Eu não sabia o que significava aquilo, devia ser sinal da tribo.

— Por quê?

— Tantas coisas, nem sei dizer, Mercedes, você não imagina...

— É assim mesmo.

Assim mesmo!? Não ligou para a minha tristeza. Fui pra cama chorar, chorar até dormir.

No dia seguinte, mamãe veio perguntar por que eu estava triste.

— Sei lá, mãe, sei lá...

— Deve estar com saudades de seu pai, Luciana.

Silenciei, olhando para ela. Tem muitas coisas que não gosto de conversar com mamãe porque parece que vamos nos desmilinguir juntas. Já pensou mãe e filha irem desaparecendo assim aos pouquinhos, até sumirem de vez? Acho que nem os cabelos restariam como sinal. Mamãe continuava me olhando.

— Tem muito tempo que papai viajou, mãe?

— Dez dias, Luciana. Parece mais?

— Muito mais.

— Você gosta muito dele, filha, e aí parece mais tempo.

Não gostava dessa história de falar de papai. Tinha medo que virasse conversa, desaparecesse também, só que diferente da gente. Não imagino ele se desmilinguindo. Mercedes apareceu no quarto mas não olhei para ela; estava com raiva. Além de não conversar comigo, conta pra mamãe, é? Não ligou para o meu jeito, continuou do jeito dela.

Saudades do vovô, nunca mais se mexeu, não adiantou nada ver a foto de novo. Uma chatura estava a casa de mamãe. Dei de pensar em papai. Como estaria na lua-de-mel?

Agora estava casado, com Selma, enquanto eu esperava que ele voltasse. Por mais que eu goste de mamãe, minha casa era a dele. Sempre foi. De novo mamãe com aquele olho pequeno, triste, triste. Arrisquei perguntar.

— Mãe, você está triste?

— Estou, Luciana.

Apesar do medo do que podia dizer, continuei.

— Por quê?

— Não sei, filha... Quer dizer, primeiro porque estou desse jeito, sem poder me mover direito, conseguir fazer as coisas pra mim. Depois... não sei.

Mercedes estava sentada em uma das cadeiras do quarto. Sem nos olhar. Evidentemente ouvia a conversa, mas, como de tristeza não entendia, fui em frente.

— Não sabe por quê, mãe?

— Luciana, acho que o casamento do seu pai tem a ver com a minha tristeza.

— Mas vocês estavam separados, mãe.

— Eu sei, eu sei, mas o fato é que foi meu marido, e agora casa de novo. Por falar nisso, você ainda não falou da mulher do seu pai.

— Ah, a Selma... você nem imagina, mãe, não chega nem aos seus pés!

Não sei por que disse isso...

— O que você quer dizer com isso, Luciana?

Animou-se. Também me animei. Enfim, algo nos tirava do poço.

— Mãe, ela não é bonita, é grandalhona, espalhafatosa, ri demais, uma bobagem enorme.

O sorriso voltou a surgir em mamãe.

— Ô, filha, que é isso... me disseram que é uma moça muito bonita.

— Que nada, mil vezes você.

Verdade. Mil vezes minha mãe.

— Uma mulher comprida de não acabar mais, deve até ter complexo, mãe, com uns dentes enormes, uma boca grande... Mãe, Selma é uma bobagem, já disse.

Encerrei o assunto. Que pena, mamãe se alegrava. Mas eu estava ficando preocupada, já pensaram quando conhecesse a Selma? Ia achar que estou doida... infelizmente a grandona é bonita mesmo.

— Mãe, vamos mudar de assunto?

Fiquei com pena, mas não sabia onde aquilo ia dar. Na verdade, Selma era como "Rapunzel". Linda. Mas é outra história.

Duas mulheres com quem não dava para conversar: Mercedes, porque não quer, o pessoal da aldeia deve ter proibido; e mamãe, pelo perigo de nos acabarmos de uma hora para outra, sem deixar pista de vida. Fui para o quarto da casa de mamãe. Apesar dela dizer seu quarto, seu quarto... meu quarto era com Tininha, irmãs e o grilo querido. Branquinha não contava porque estava de enfeite de céu.

Espero encontrar Teo vivo, depois de tanto tempo. Não será por falta de comida, porque peguei todos os vasos de plantas que consegui carregar e coloquei na janela; se fosse pegar alguma coisa na cozinha, papai desconfiaria. Dormi pensando neles todos e no nosso encontro. Papai precisava voltar.

De novo sonhei com uma boneca gigante. Dessa vez ela entrava na casa de mamãe procurando por mim. Gritava da porta meu nome, enquanto eu me escondia atrás da perna branca de mamãe. Foi entrando toda espalhafatosa, argolas douradas nas orelhas, batom saindo fora da boca, unhas do tamanho dos braços, querendo ser minha filha. Berrava pedindo que eu fosse mãe dela. E eu suplicava baixinho para que mamãe mandasse ela embora. Mercedes apareceu e eu pedi que ela expulsasse a boneca de dentro de casa. Ela olhou para mim e sumiu da sala. A boneca estava de botas e com passos gigantes veio avançando na minha direção. Comecei a gritar por papai. Mamãe dizia que ela não podia se mexer. A boneca abria o bocão e soltava faíscas douradas dos dentes, cada vez mais perto de mamãe. Fui ficando pequenininha, pequenininha, estava a um passo de sumir, quando a índia voltou com uma vassoura; em lugar do pelo tinha dentes pontiagudos. Estávamos em um navio e o convés balançava. A boneca estremeceu, os quadros caíram da parede. Mamãe agora estava em cima de um móvel e eu sozinha, mirradinha, enroladinha que nem filhote de gongolo. A boneca agitava os braços querendo colo, enquanto eu não dizia nada e ia encolhendo cada vez mais e mais. Mercedes, empunhando a vassoura, apontou para o peito da boneca e, com um golpe só, varou-a de um lado ao outro. Um líquido branco, viscoso, esguichou no tombadilho. A boneca estilhaçou no chão, cada pedaço do corpo voando para um canto diferente e se desintegrando. No convés, o berro de colo continuava. Continuei enroladinha, cada vez menorzinha. Mercedes tentava dar cabo do berro mas não conseguia. Ele dominava tudo. Não me desenrolei mais; achei que ficaria assim para sempre. Mamãe sumiu de cima do móvel, aparecendo ao meu lado, estrebuchando. O berro estava dentro dela.

Acordei tremendo dos pés à cabeça, gritando por papai. Ouvi a voz de mamãe.

— Mercedes, vá ver Luciana. Deve ter tido pesadelo.

Quando a índia entrou, sorri para ela em meio ao tremor e pedi água.

Meu coração ficou aos pulos, igual à cara de papai, assim que ouvi sua voz pelo interfone. Saí rodopiando pela casa. Pena que não estava de saia rodada. Mamãe tinha mania de short. Papai tinha voltado. Será que era o pai de antes, ou o pai de Selma? O que ando dizendo... Pai, é só meu, graças a Deus.

Perguntei a mamãe, com todo o cuidado, se podia passar uns dias na casa dele. Ela já estava quase boa, não precisava mais de mim. Para minha surpresa, concordou. Papai não era preciso pedir; tinha certeza que aceitaria. Corri para abraçar mamãe.

— Cuidado, Luciana, olha o meu braço...

Beijei Mercedes também. Nem sorriu, a índia. Não devia ter pai.

O esverdeado do rosto de papai tinha sumido; estava corado, tão bonito meu pai! No carro, sozinho, me esperando. Saltou assim que me viu. Saí correndo e ele me pegou no ar.

7

Entrei devagar na vida nova. Logo que cheguei, quanta novidade! Selma remexeu a casa toda. Mudou tudo de lugar. Menos a biblioteca, imagina se papai ia deixar mexer nas coisas dele... Mal pus os pés lá dentro, tive que beijá-la; papai tem um jeito de impor as coisas... Perguntou, na frente da comprida, se eu a tinha visto... Imaginem, não enxergar Selma!... Amassei os lábios na bochecha dela.

Deixei os dois na sala e fui para o quarto, saudosa dos meus. Ao entrar, ouvi um choro baixinho.

— Quem está chorando?

— Eu, eu... — disse Teo, enxugando-se nas patinhas.

— Por quê, Teo?

— Como você demorou, Luciana!

— Teo, não disse que eu ia pra casa de mamãe, que papai casou, que agora temos Selma dentro de casa? Parece surdo...

— Não sabia que era tanto tempo assim...

— Pronto, Teo, acabou, estou de volta. Preciso de mais ajuda agora, tudo novo na casa, e você sabe ser amigo grilo como ninguém.

Chorou de novo, emocionado. Teo é tão sentimental...

— Controle-se, Teo, não é hora de choro.

Assoou o nariz, não sei como consegue.

— Bem, e Tininha? Não escuto a voz... e as irmãs?

— Luciana, queria dizer uma coisa...

Ouvi a voz de Tininha, esquisita, abafada.

— Onde você está, Tininha?

— Me mudaram de lugar, Luciana.

— Como?... Quem mudou??

— Olha, estou na estante, entre livros, as irmãs também, mas em lugares diferentes.

Que coisa é essa de tirarem Tininha e irmãs do canto delas? Não deve ter sido a moça que vem arrumar porque sabe do lugar das bonecas. Nem deixei Tininha acabar de falar, fui à cata dela e irmãs.

Encontrei-a quase sufocada.

— Coitadinha de você... E as irmãs? — Olhava em volta, aflita. — Ah, achei, estão na prateleira de baixo, empilhadas. Quem andou mexendo em vocês, hein?

— Luciana... Tiraram também Branquinha do lugar, aquele que arrumamos. Até os livros levaram do chão.

— Onde está Branquinha, algum de vocês viu?

Não. Ninguém. Saí desabalada do quarto, com Tininha e irmãs nos braços. Papai precisava saber que tinham mexido nas minhas coisas. Cheguei na sala, convulsionada, as bonecas nervosas. Antes que eu falasse, ele percebeu.

— O que foi, filha?

— Pai!, mexeram nas minhas bonecas!...

Foi a vez de Selma falar.

— Ah... mandei a empregada da casa de mamãe dar uma limpeza, para você encontrar tudo direitinho.

Não deu para dizer nada; senti que eu e as bonecas íamos pular no pescoço dela. Ela ficou completamente sem graça. Voltei fuzilando pro quarto, papai atrás de mim, Selma atrás dele. Antes que entrassem, virei pra trás e disse, com raiva, puxando uma das irmãs que quase cai do colo:

— Pai, não quero que mexam nas minhas coisas!

Ele me olhou, desnorteado. Não ia falar com Selma, mal a conheço. E como a única coisa que eu queria era encontrar Branquinha, voltei para procurar. Coloquei Tininha e irmãs na cama, sentadas. Eu chorava, muito.

— Teo, me ajuda, por favor... Me ajuda a achar Branquinha.

Ele saltou da janela. Nunca tinha visto Teo no chão do quarto; mínimo, dava saltinhos pra lá e pra cá com passinhos desengonçados. Eu procurava com dificuldade, as lágrimas atrapalhando. Ouvi a voz de Tininha.

— Calma, Luciana, calma, vamos encontrar...

Papai, sozinho, entrou de novo no quarto.

— Por que está chorando, filha?

— Branquinha sumiu, pai.

Tive medo que esmagasse o Teo, andando daquele jeito.

— Pai, senta aí — empurrei-o pra cima da cama.

— O que é, Luciana?

Selma entrou, vindo atrás dele. Outra pra pisar no grilo.

— Desculpe, Luciana, achei que gostaria de encontrar tudo arrumado.

Arrumado!? Não deve ter tido nem boneca!

— Será que vocês dois grandes podem sair um instantinho? Já estamos procurando.

— Quem mais está procurando? — perguntou a metida.

— Ninguém, Selma, ninguém...

Deram as costas, sem graça.

— Teo, você ainda está vivo?

— Claro, na hora que vi gente entrando, saltei de novo para a janela.

— Volta então pro chão, vem me ajudar...

Pulou de novo e dessa vez caiu em cima do meu sapato; apesar de triste, achei bonitinho ficar enfeitada de grilo. Papai me chamou para comer. Gritei da porta do quarto que eu não podia ir. Ele voltou a aparecer.

— Luciana, o almoço está na mesa.

De novo empurrei-o para a cama; sabia lá se já tinha dado tempo do Teo voltar para a janela?

Papai não entendeu meu gesto, também não precisava entender, não estava entendendo um monte de coisas. Agora estavam lado a lado: papai, Tininha e irmãs. Olhei bem para ele. Quem deu olhar de fundo agora fui eu.

— Pai, não vou não, enquanto não achar Branquinha, não saio daqui.

Percebeu que era sério. Saiu dizendo que guardaria meu prato. E eu tinha fome? Não iria nunca na vida ficar sem Branquinha. Sem céu no quarto? Será que não entendiam?

Resolvi abrir a porta do armário, quem sabe socaram ela lá dentro? Achei! Lá estava a estrela Branquinha. Soltei um grito quando a vi. Tinha murchado, o leite desapareceu, estava sequinha, sequinha... Sugaram Branquinha! Que coisa horrível! Caí em cima do pedacinho de céu, chorando.

— O que é isso, Luciana? O que está fazendo dentro do armário?

As mãos de papai me puxaram para fora. Tinha voltado ao quarto seguido de Selma.

— Olha, pai, olha só o que aconteceu com Branquinha...

Esqueci que ele não via. Mostrei, não reparou nada, que dirá a cega da Selma. Não disse que não enxergam?

Fui almoçar, enjoada, enjoada.

Vida a três, só que uma não é parente, muito difícil. Selma passava os dias em casa. Dizia que procurava trabalho e não encontrava. Todo fim de semana lia os classificados. Acho que estava gostando bastante de ficar de papo pro ar.

Procurava me agradar, eu não procurava nada, queria viver como sempre, perto do meu pai. Fui ficando em sua casa; já tinha se passado um mês, e mamãe não reclamava, estava achando bem bom.

Pouco tempo depois, a porta da biblioteca foi aberta de novo e papai voltou ao computador. Nessas horas, Selma perambulava pela casa, sem saber para onde ir — parecia uma borboleta aprisionada. À medida que o tempo passava, ela foi perdendo o riso fácil, as roupas espalhafatosas, os gestos largos, foi ficando mulher como as outras: casada. Vivia pelos cantos. Um dia ficou claro para mim que ela tinha entristecido. Senti pena. Ligava a música na sala, deitava no sofá e ficava horas perdidas ali. A porta da biblioteca fechada;

como sempre. Papai só conseguia trabalhar em silêncio total. Voltou a ser como era, sereno e distante.

Todos os meses, durante poucos dias, os dois ficavam alegres. Depois, voltavam a ficar como antes: ele trancado, ela pensativa. Selma desandou a consultar médicos, papai foi ao médico também. Tive medo que ele estivesse doente. Adoeceram os dois!? Como não estavam de cama, achei que não devia ser nada sério.

Papai estava igualzinho ao que sempre foi, atencioso e recolhido, trabalhando o livro novo. De vez em quando saíam e, nesses dias, Selma ficava alegre, eu também, não gosto de ver tristeza, não sei por quê, me dá um abatimento...

Um dia, papai fechado não sei a quantas horas, Selma puxou conversa. Devia estar se sentindo sozinha.

— Como foi a escola hoje? — perguntou a grandona.

Parecia pergunta de papai, macaca de imitação... Me sentei na poltrona, senti que íamos conversar.

— Tudo bem, Selma. E você, conseguiu trabalho?

— Está difícil, Luciana.

Perguntei de supetão.

— Você está triste?

Espantou-se, demorou a responder.

— Estou.

— Por quê? É por causa da falta de trabalho?

— Não... outras coisas — Me encarou. — Você é pequena para ouvir certos assuntos. — Desviou o rosto.

Falei rápido, senão desistia:

— Você é que pensa! — disse, séria. — O que é, Selma? Fala, não conto pra ninguém.

— Seu pai mudou muito, não sei o que fazer...

— Não mudou não, sempre foi assim. Só voltou a ser como era.

— Mas não foi o homem que conheci...

— É, mas é assim mesmo.

Dei uma resposta igual a Mercedes, horrível. Tentei remediar.

— Papai não gosta de conversar, Selma, o que que se vai fazer?

Sentiu confiança, resolveu falar mais.

— Sabe o que é, Luciana? Antes de conhecer seu pai tive um namorado que gostava muito de mim, saía comigo, íamos ao cinema, ao teatro, e...

— Por que não casou com ele?

— Não era para casar, era para namorar. Sabe como é?

Duvidou que eu tivesse entendido. Estava certa, não entendi mesmo. Continuei séria, não queria que percebesse a ignorância.

Papai atravessou a sala atrás do copo d'água, sorriu na passagem. Tive medo que lesse pensamentos; não iria gostar de Selma falando de namorado e eu escutando. Ficamos caladas, esperando que ele voltasse da cozinha. Na volta, beijou a cabeça de cada uma.

— Viu só, Selma?

— Não passa disso.

Ela ficou pensativa. Resolvi perguntar o que me preocupava.

— Selma, que tanto vocês vão a médico, hein?

— A gente fala sobre isso outro dia...

Levantou-se como uma enguia, escapuliu, dizendo que ia tomar banho. Acho que teve medo de continuar a conversa. Levantei também, atrás do meu copo d'água.

Os dias se passavam, e nada da conversa. A ida aos médicos rareou. Nenhuma novidade, a não ser o sofrimento de Selma. Esquisito.

Tivemos várias conversas depois daquela, sempre o mesmo namorado, e as coisas que papai não fazia... Chatice infindável.

O problema em ouvir Selma era a culpa que eu sentia em relação a mamãe. Não tinha uma filha em casa para escutá-la também. Papai percebeu as conversas, ficou contente, acho que porque pôde trabalhar em paz. Acontece que as conversas estavam indo longe demais. Selma contava história atrás de história, insistindo no velho namorado. Parecia gostar das saudades. Cansei de ouvir falar nele. Conseguiu me entupir com seus assuntos. Resolvi falar com alguém. Escolhi os ouvidos de Tininha.

— Tininha, vamos conversar?

— Claro.

Abriu um sorriso lindo. Sempre bem-disposta, impressionante! Tem uma disposição que nunca vi em boneca nenhuma.

— Sabe a Selma?

— A mulher de seu pai?

— É, Tininha, quem mais podia ser? Tem cada pergunta...

Tininha de vez em quando desligava. Que nem eu, pensando bem não podia reclamar.

— Selma tem dito cada coisa sobre o amor...

— Sobre o amor!?

Sorriu, com aquele jeitinho que só as bonecas de pano têm, se esgarçando toda.

— É, Tininha, o que que tem?

— Como se ela entendesse...

Não entendi o comentário, resolvi deixar pra lá. Gosto de conversar com Tininha porque ela sempre tem uma compreensão rápida das coisas. Será porque é mais velha do que eu? Deve ser.

— E mais — continuou —, acho estranho uma mulher daquele tamanho falando com uma garota como você sobre amor.

Indignou-se.

— Por quê, Tininha?

Não entendi a reação, mas senti que tinha razão. Aproveitei para continuar.

— Ela tem falado muito sobre o namorado que teve, como faziam, e, na verdade, ando meio cansada de ouvir.

— E é pra estar, não converse sobre isso, é um desrespeito ao seu pai. Luciana, Selma é maior de idade, casou porque quis, acho um absurdo estar dizendo essas coisas pra você!

Tinha razão.

— Mas Tininha...

— É, ela que vá contar essas besteiras a quem quiser. Você não deve ouvir.

— Acho que não são besteiras não.

— Ah, são!

Papai entrou no quarto.

— Bom dia, está brincando?

Não sei como Tininha escapa ao olhar vigilante de papai.

— Hum, hum... — sorri pra ele.

Saiu fechando a porta.

— Seu pai é um sujeito honrado, correto, decente, ninguém pode ser melhor marido!

A raiva aumentava, o rosto de Tininha estava afogueado.

— Se queria distração, devia ficar com o namorado de que tanto fala. Por que casou? Luciana, acho que Selma está pensando que seu pai é um homem como outro qualquer.

Tininha estava uma fera. Achei melhor pararmos por ali. Também estava achando a Selma atrevida, cega e burra.

— Tá bem, Tininha, entendi.

Ouvi um gemido. Parecia vir do lugar onde Branquinha estava; cheguei perto, devagarinho, pus o ouvido em seu peito. Escutei um barulho, baixinho, baixinho. Falei com ela.

— Ué, você não é boneca morta, Branquinha?

Bateu levemente as pestanas.

— Não, não... — sussurrou.

Caí sentada na cama, falando alto, acho que para mim mesma:

— Branquinha falou! Estreou uma voz tão fraquinha... Não é boneca morta! Não é! Não está mais fora da festa da vida! A anjinha tomou coragem e resolveu participar...

Selma entrou no quarto para dar bom-dia. Saí porta afora virando a cara, levando Branquinha no colo.

Nada mais importante do que o fio de vida de Branquinha. Voltei com ela no colo, depois que a cega da Selma deixou o quarto. Fiquei examinando a nova Branquinha. Tão bonita, mesmo sem leite para sustentá-la... Um amor, apesar de sequinha como estava. Resolvi dar de mamar a ela. Suspendi a blusa e peguei-a com todo o cuidado; ela estava frágil, frágil. Mamou, mamou, até ficar rosadinha; agora quem estava fraca era eu. Deitei depois da mamada. O telefone tocou, longe, como em sonho. Selma entrou no quarto para me chamar. Fui atender.

— Oi, mãe, tudo bem?

Mamãe reclamou da minha voz, perguntou se eu estava triste. Qual... mamãe devia entender melhor do que ninguém o que é amamentar alguém carente.

Tive que ir para a sua casa por poucos dias; acho que papai e mamãe entraram em um acordo. Tinha medo de perguntar, mas estava gostando daquele jeito. Melhor não dizer nada.

Me despedi de todos os meus. Passando pela sala, vi Selma enrodilhada no canto do sofá, triste como as mulheres sem filhos. Me aproximei.

— Selma, já vou, até logo.

Seus olhos brilhavam um brilho fosco.

— Que foi, Selma?

— Você vai embora?

— Vou e volto.

Seu rosto louro chorava. Voltei da porta, já disse que não aguento ver ninguém sofrendo. De novo perto dela, perguntei:

— Por que está chorando?

— Não sei...

Se abraçou nela mesma; papai olhou em outra direção enquanto eu fiquei ali, apatetada. Joguei a mochila no chão. Sentei ao seu lado.

— Selma...

Ela continuava enroscada, olhando para o chão.

— Olha pra mim.

Puxei seu rosto cheio de lágrimas. Nunca sabia o que fazer nessas horas, parece que papai também não. Ele disse, saindo, que ia esquentar o carro. Continuei ali ao lado, enxugando as pontas dos dedos no short. Papai me deixa em cada situação! O que eu podia fazer com a grandona chorando? Nada. Saí. Ele não disse uma palavra no caminho, nem eu. Despedimo-nos diferente, embora estivéssemos iguais ao que sempre fôramos.

Como explicar para mamãe que a mulher de papai estava sofrendo? Não dava. Fiquei ali na sala, pensando na conversa com Tininha e no choro de Selma. Complicado.

— Tudo bem na casa de seu pai, Luciana?

Ela me indagava com os olhos.

— Hum, hum.

Convidou para jogarmos gamão. Eu pensava em Branquinha também. Começamos a arrumar o jogo no tabuleiro.

— Tudo bem mesmo, filha?

— Tudo bem, mãe.

Queria informações. Esperta, mamãe. Imagina se eu ia dizer que deixei Selma chorando, sem saber por quê.

— Você começa, Luciana.

Eu jogava automaticamente. Não saía da minha cabeça: Branquinha viva, e Selma morta?...

— Está tão distraída, minha filha...

— É mesmo, mãe.

Mamãe estava ganhando. Como eu ia fazer para ter céu no quarto? E como estaria Branquinha, tanto tempo sem mamar?

— Luciana! Assim vou ganhar fácil... No que está pensando, filha?

— Nada, mãe, estou sem sorte.

Estava mesmo. Não ia querer Branquinha morta, só para ficar fazendo céu pra mim.

— Seu jogo está todo preso...

Mamãe continuou jogando e falando.

— Estou tirando as pedras...

Ela sorria para os dados.

— Tá bem, mãe, perdi.

Adora ganhar (deve ser porque perdeu muita coisa).

— Só faltam três pedras para terminar...

— Mãe, você ganhou.

A cara de satisfação de mamãe, imaginam, não é?

— Acabou, filha, ganhei! — disse, triunfante.

Continuei pensando, pensando...

— Luciana, já disse, acabou!

— Tudo bem, mãe.

— O que há, filha? Está tão ausente!

Impossível falar sobre Branquinha, muito menos de Selma. Fiquei sorrindo um sorriso, quem sabe idiota... Mamãe perguntou se eu queria fazer alguma coisa. Respondi que queria dormir, na minha cama. Me olhou inquieta.

— Por quê? Não quer dormir com sua mãe hoje?

— Não, mãe.

Precisava pensar seriamente em como conseguir céu. Selma que se arranjasse, tinha marido e tudo.

— Pai, precisamos ir à papelaria, lá tem uns adesivos que eu quero botar no teto do quarto.

— Quais, Luciana? — perguntou a enxerida.

Estávamos os três na mesa de jantar. Segui o conselho de Tininha, não dei mais ouvidos a Selma.

— Papai sabe quais são.

Papai se sentiu incomodado com a resposta que dei. Redobrou a atenção, não sabia o que tinha acontecido. Eu também não podia contar sobre a conversa com Tininha. Até hoje, papai nem sabe quem é Tininha... vê se pode!

— Não sei quais são, filha, mas podemos sair para comprar.

Sempre atencioso, meu pai.

Voltamos os três para casa, cheios de adesivos, meia-lua, lua inteira, cometas e estrelas. Os dois passaram a tarde no teto do quarto. Eu, deitada na cama, apontava o lugar de cada enfeite. Arrumava o céu com o dedo. Selma, no meio da escada, entregava-o a papai e ele, devagarinho, ia fazendo o céu pra mim. Estava doida para que a noite chegasse.

Mais tarde, troquei poucas palavras com Selma, seguindo à risca o que Tininha havia falado. Ela me rondava, tentando descobrir o que tinha acontecido, quando percebeu que eu não queria assunto, encolheu-se nela mesma, acho que se ofendeu. De vez em quando olhava pra mim tentando sorrir. Preferi respeitar papai, nunca mais iria ouvir conversas idiotas. Comecei a achar melhor dizer a ela que não conversaríamos mais. Ele continuou colando adesivos, entusiasmado com o céu. Quando deu por terminado, desceu da escada, sorriu pra mim e saiu do quarto. Selma atrás.

Fechei a cortina, vesti a camisola, beijei meus queridos e apaguei a luz. Deitei na noite prateada. Sonhei que eu era um anjo de fogo.

8

Minha vida estava se tornando um eterno vaivém. Em compensação, uma coisa boa tinha acontecido: a fumaça andava desaparecida. Estava até com medo de falar, porque podia voltar de uma hora para a outra. Acho que sumiu depois que Selma apareceu. Será que a comprida tomou seu lugar?

As coisas lá em casa vão de mal a pior. Selma cada vez mais triste, e papai nunca mais desgrudou do computador. Voltou à vida de sempre, mergulhando no silêncio de novo. Não ouvi mais as histórias da grandona, e ela nem quis saber por quê... nem precisei falar; melhor assim. Mamãe continuava do mesmo jeito, se cuidando, sem marido, e sem Mercedes. A índia foi embora sem conhecermos seu sorriso. Mas o importante era o dia de hoje.

Hoje, o dia nasceu pra mim. Pulei da cama em pé nos meus 9 anos. Adoro aniversário. A primeira surpresa foi o coro dentro do quarto. Nunca tinha visto grilo batendo patinha... O maior presente eram eles, na minha vida. Fiquei lá, deitada, quietinha, vendo a festa que faziam. Tentava me sentir com 9 anos, mas não sentia nenhuma diferença, tudo igual.

Papai e Selma não tinham acordado, devia ser bem cedo. De modo geral, papai levanta antes das sete; Selma, fica dormindo até tarde, preguiçosa.

Fui dar uma espiada pela janela. Teo estava falando, na maior agitação. Entendi que tinha presente pra mim. Será que ouvi direito?

— O que foi que você falou, Teo?

Estava debruçada no parapeito, vendo a manhã. Ele esbarrou em mim.

— Tenho um presente pra você! — disse, se sacudindo.

Às vezes acho Teo tão gozado...

— O que é, grilo querido?

Estufou o peito, convencido.

— Adivinha?!

— Não sei, Teo, qual pode ser a surpresa de um grilo?

Esfregou as patinhas no rosto, sorrindo.

— Garanto que não vai adivinhar...

— Diz logo, que coisa!

Empertigou-se todo para falar.

— Meu pai! Veio dar parabéns!

— Seu pai!? E, onde está?

— Não está vendo, Luciana? Ele é tão maior que eu...

Todo prosa de pai no quarto.

— Ali, Luciana, no canto do parapeito — apontou. — Está recostado, cansado da subida, veio de escada, coitado!

Olhei e vi um grilo grande, bem mais verde do que Teo, olhando com cara séria. Quer dizer que quando Teo crescer, o verde fica forte? Ainda bem, transparente como é, principalmente as patinhas, tenho medo que os outros não o vejam. Grilo grande é bem visível.

— Como vai o senhor? — disse, olhando o pai de Teo bem de perto.

Só não grudei os olhos para não pensar que eu não tinha modos.

— Oi, Luciana, parabéns, Teo me contou.

— Obrigada, como é o seu nome?

— Melhor que me chame pai do Teo.

— Por quê?

— É feio, Luciana.

Falou em nome feio, fico curiosa.

— Diz, senhor grilo, diz... De presente de aniversário.

— Pois bem, me chamo Petrônio. Não acha feio?

— Nada de mais, já ouvi piores.

Papai entrou no quarto. Eu continuava pendurada na janela.

— O que é isso, Luciana! Você pode cair...

— Cai, não... Eu seguro — respondeu o senhor Petrônio.

Papai não ouviu (é impressionante como não vê e não ouve o que me rodeia, é tão atento...). Veio andando na minha direção, braços abertos, dando parabéns. Disse que o presente estava na garagem.

— Então é grande, hein, pai? — perguntei, abraçando-o.

— Vamos lá ver, depois que Selma acordar.

Tudo com Selma, que chatura! Ele percebeu que fiquei chateada, deu outra ideia.

— Vamos fazer o seguinte: tomamos café, enquanto isso Selma deve acordar; senão, descemos assim que tivermos acabado, combinado?

— Combinado.

Saí ventando do quarto para o banheiro. O que será que papai tinha comprado? Tomei café a jato. Ele lia jornal, de vez em quando me espiava, sorrindo. Pensando bem... só podia ser uma bicicleta!

— É a bicicleta, pai?

— Vamos ver, vamos ver...

Nem de longe podem imaginar a bicicleta que ganhei. Enorme! Para adultos. Rosa, como eu queria, cestinha na frente, buzina, garrafa pra água... toda equipada. O máximo!

Selma entrou na garagem com cara de sono.

— Gostou da surpresa, Luciana?

— Muito...

Corri para abraçar papai.

— É presente da Selma também, filha — incluiu a comprida.

Agradeci de longe.

— Luciana, também tenho outro presentinho pra você — disse a grandona chorona.

Nas mãos, um embrulho pequeno. Me deu, beijando minha cabeça. Agora era um tal de beijar cabeça! Papai sorria perto de nós. Abri o presente, mas antes que eu visse, a apressada falou.

— Caixinha de música, gosta?

— Gosto. Obrigada, Selma.

Tive que dar um beijinho. Passei o presente para as mãos de papai. Montei na bicicleta. Agora, era só o que eu queria.

— Pai, abre a porta da garagem?

Fomos para a rua. Saí pedalando.

— Espera, filha, o selim está alto.

Papai sumiu, voltando com uma ferramenta na mão, abaixou-se para consertar. Tão jeitoso, meu pai. De fato, ficou melhor. Não era Selma nem nada... Fiquei passeando na frente deles. Ele sorria, ela também.

Qual seria a surpresa na casa de mamãe?

Entramos em casa com o telefone tocando. Corri na frente para atender, achando que era mamãe. Era. Cantou parabéns, como sempre, até o final. Eu esperava ela terminar, balançando a cabeça no ritmo, olhando para papai; ele, sorrindo, devia saber que mamãe estava cantando. Selma, sem história com a gente, não entendia.

Mamãe viria me buscar para o lanche. Sempre assim no aniversário: metade do dia com cada um. Vai e vem, não disse?

Papai lembrou que almoçaríamos fora. Fomos os três à churrascaria. Não entendo os adultos gostarem tanto de comer na rua. Acho restaurante tão chato... Queria voltar logo, andar mais de bicicleta. Pedi a papai, ele concordou. Selma sobrava no aniversário; é bom para ver como me senti no dia do casamento...

Quando chegamos de volta do almoço, a comprida subiu para o apartamento, papai e eu fomos à garagem pegar a bicicleta.

Mamãe me encontrou pedalando. Papai e mamãe reunidos enfeitaram toda a rua. Mostrei a bicicleta para ela. Sorriu para mim e para papai também. Tive a impressão de que papai tinha sorrido dentro dele.

Não demorou muito, mamãe chamou para irmos embora; me despedi de papai e fui para o carro, deixando a bicicleta com ele. Fiquei na janela dando adeus enquanto o carro saía. Nesse dia, achei bom que ele estivesse casado; não ia ficar sozinho, a comprida estava em casa.

Mamãe disse que tinha uma grande surpresa. Já contei do medo das surpresas, mas em dia de aniversário, achava que não ia ser ruim. Bem, outra bicicleta não seria... Pensando bem, podia ser. Ela e papai não combinavam nada! Pelo jeito de mamãe, não devia ser. Logo que chegamos, deu pressa nela. Será que seria um namorado, pra casar?

Assim que ela meteu a chave na porta, ouvi uma voz rouca.

— Feliz aniversário!

Era vovô, o da fotografia! Olhei perplexa. Estava de braços estendidos pra mim. Velho, gorducho, sorridente e vermelho. Nada como a vida no campo! Mamãe diz assim. Fui andando em sua direção, atraída pela sua figura como na fotografia. Ele continuou falando.

— Venha cá, no colo desse avô que não te vê há tanto tempo!

— Eu, hein, vô! Nos vimos outro dia! Não lembra?

Incrível como os velhos são esquecidos. Pelo jeito, não lembrava do encontro.

— Me viu, como?

Estranhou. Soltou uma baforada do charuto.

— Assim, como está agora, com esse mesmo charuto, não lembra não?

Sondou mamãe com o olhar. Ela estava acostumada com o que chama de minhas estranhezas. Baixou um silêncio; enquanto isso, nos olhávamos em ciranda: eu para o vovô, ele para mamãe. Nada acontecia. Resolvi dar um jeito, fui ao quarto buscar o álbum. Cheguei com ele aberto na página, mostrei, emendando a conversa.

— Olha só, vô, você na fotografia...

— Ah, na fotografia... Eu, seu tio, Mariazinha, até o Chope está aqui também... — disse, relaxando.

Pronto, esqueceu a conversa que tivemos. Deixa pra lá, está velho.

— Vô, como vai o Chope?

Me olhou com o olhar triste, embaçado.

— Chope morreu, Luciana. Estava muito velhinho...

Era a imagem que eu tinha dele, deitado, cansado. Sempre que falam que alguém morreu, as palavras somem da minha boca, somem de não achar mais, impressionante. Vovô teve que continuar.

— Sabe qual a surpresa que tenho pra você, Luciana?

— Não.

Não tinha mesmo a menor ideia.

— Pode trazer, filha.

Muito engraçado mamãe perto do pai. Até agora ficou sentada ouvindo a conversa. Quieta, quieta. Isso é que é surpresa. Depois, levantou-se sumindo da sala. Voltou em seguida, com os olhos brilhando como as estrelas do quarto. Nas mãos, um coelhinho. Sorrindo e fazendo festinha no meu rosto, vovô disse:

— É seu, Luciana, trouxe para ser seu amigo.

Lindo o bichinho, todo branco, nem uma pintinha de outra cor. Olhos vermelhos iguais às bochechas do vovô. Fui pegá-lo das mãos de mamãe, devagarinho. Senti os ossinhos entre os dedos, que aflição!

— Que gracinha, vô... Come cenoura, não é?

— Repolho, folhas, o que você quiser dar.

Chi... Concorrente pro Teo. Como vai ser? Não disse nada; fiquei vendo Coelho — assim ia se chamar — brincando com o focinho. Não sossegava, pra cima e pra baixo, sem parar.

Mamãe nos chamou para cantarmos parabéns. Depois eu ganharia os presentes. Sempre comprava mais de um, porque tinha roupa também. Roupas e brinquedo, todo ano a mesma coisa.

Vovô levantou-se da cadeira. Tinha um barrigão... maior do que na fotografia. Cantamos ajudados por Nilceia, empregada nova de mamãe, simpática, olhos alegres, bem diferente de Mercedes.

Mamãe trouxe a sacola dos presentes. Sem falar das roupas, porque não interessam, desembrulhei uma boneca grande à beça. Lembrei do sonho e senti um frio na espinha. Agora, só coisas grandes na vida. Não me entusiasmei; acho que teve a ver com o sonho. Mamãe ficou decepcionada. Dei um grande beijo nela, do tamanho da boneca. Assustou-se. Nossos sustos continuavam; agora era a sua vez. Ainda bem.

Quando aparecesse com Coelho e a boneca no território de Teo, Tininha e irmãs, não sabia o que podia acontecer. Pensei em deixá-los na casa de mamãe, por enquanto. Queria conversar com eles antes, preparar.

Depois de assoprar as velas, ficamos na sala ouvindo as histórias de vovô, que se despediu quase de noitinha, afagando minha cabeça e a de Coelho. Saiu dizendo que não ia demorar para aparecer de novo. As lágrimas encheram os olhos de mamãe quando o pai foi embora. Coelho e eu a abraçamos. Está um tal de mulher chorar...

Dormi com 9 anos, e acordei como um bebê, de madrugada. Em pânico. Na quase escuridão do quarto, vi a boneca nova sentada na cadeira perto da cama. Parecia que havia cem olhos me olhando, tomando conta de mim, observando cada coisa que eu fazia. Não conseguindo acender a luz, gritei. Mamãe entrou articulando mal as palavras, devia estar dormindo; veio como sonâmbula. Eu, petrificada na cama sentia um medo que não me deixava mover nem um dedinho. Não lembrava de ter sonhado, não sabia o que estava acontecendo, só sentia medo, muito medo. Queria estar em casa, perto de papai o medo vai embora. Quando estou ao lado de mamãe, cresce. Ficamos tão sozinhas juntas, é horrível! Apesar de tudo aceso, mamãe continuava tropeçando, quase caiu em cima de mim. Tem muito boa vontade, mas é tão desajeitada... Eu suava de medo, e ela continuava chutando coisas.

— O que foi, filha? Pesadelo?

Não sabia o que dizer, não era pesadelo.

— Não, mãe, não sei... — Abracei-a, aflita.

Ficou aflita também. É como Tininha; sente tudo que eu sinto, aí não consegue ajudar.

— Mãe, não sei o que é, estou com medo.

— Vem para a minha cama, querida...

Achar o urso, àquela altura, não ia ser fácil. Estava com medo também de ir corredor afora. O medo estava tal qual a fumaça, invadindo os lugares.

— Luciana, vem para a cama da mamãe, vem!

— Só se encontrar o urso e o travesseiro — respondi tremendo.

— Mamãe ajuda a procurar.

De novo mamãe falando "mamãe", como se não fosse ela. Mas que mãe é essa que ela chama? Isso me faz um mal...!

Conseguimos achar os desaparecidos. Me abracei com eles e saí do quarto grudada no corpo dela. Deitei em sua cama, e nem lembro de ter dormido.

Quando acordamos, ela falou da noite. Mal me lembrava do que tinha sentido, e, para falar a verdade, não queria mais tocar no assunto. Ela insistia.

— O que aconteceu essa noite, Luciana?

— Não sei, mãe, fiquei com medo.

— De quê, filha?

— Não sei dizer, mãe, não sei.

— Você teve um dia bom, se divertiu, ganhou presentes, não foi?

Tinha razão em tudo que dizia. Acho que foi a boneca quem provocou o acidente noturno. Não podia dizer a ela. Queria voltar pra casa.

— Mãe, você se incomoda que eu volte pra casa de papai, hoje?

Ficava sentida com a predileção, o que eu podia fazer? Era verdade mesmo.

— Não foi isso que combinei com seu pai, mas se você quer, tudo bem.

Tão compreensiva, tão legal comigo, e eu sempre querendo ficar ao lado dele. Não queria magoá-la, mas sei que magoo. Horrível fazer isso com minha mãe.

Quando cheguei em casa, papai estava na biblioteca. O pai de sempre. Assim que me viu, girou a cadeira e quase se levantou, mas adivinhou que precisava ficar sentado. Afundei em seu colo; ele me envolveu em seus braços, acho que nem um pedaço do meu corpo ficou fora do abraço. Ficamos ali, naquele silêncio macio, não sei quanto tempo. De repente, senti que havia alguém na porta, abri um olho e vi a cara de Selma. Tão triste estava, que quase a convido para se sentar no colo também. Selma não tinha pai.

No dia seguinte, entrando na biblioteca para pedir uma coisa pra papai, Selma e eu nos cruzamos na porta; até aí, nada de mais, acontecia a todo momento. Mas, nesse dia, ela quase me atropelou, e olhem só o que escuto a grandona falar:

— Furo o olho daquela argentina!

Passou por mim desvairada, acho que nem me viu. Fiquei completamente confusa, nem sabia direito como perguntar a papai sobre o que escutei. Disse assim:

— Quem é argentina, pai?

Precisava saber quem estava correndo aquele perigo todo! De repente, sei lá, podia estar me chamando de argentina...

Papai estava azul. De verde para azul!? Bem, eu esperava resposta. O olhar dele fugia, a voz saiu cavernosa.

— Nada, Luciana, bobagem de Selma.

Bobagem!? Então querer furar o olho de alguém é bobagem? Ah, não, queria saber!

— Pai, fala. Preciso saber, juro!

Olhou de fundo, azulado.

— Ciúmes de aluna.

— Pai, ela é uma fera, hein? Acho melhor avisar à argentina.

Ele tentou sorrir, mas não conseguiu. Coitado. Começamos a ouvir batidas de portas, uma, duas, três, a última foi a da sala. Olhei assustada para ele e ele também para mim. Levantou-se, fui atrás. Não estou dizendo que as coisas vão de mal a pior? Foi para a cozinha, eu atrás. Pegou água, eu também. Voltou para biblioteca, fui junto. Acho que esperava uma palavra de conforto, eu também. Tentei dizer alguma coisa.

— Pai, a Selma é furiosa, não é?

Olhou enviesado. Pela primeira vez, senti que papai não queria que eu estivesse ali, perto dele. Me ouvia sem vontade, constrangido. Muito ruim sentir isso. Estava agitado, querendo ficar calmo; eu, vazia vazia. Me enfurnei no quarto. A casa estava calada. Os barulhos desapareceram. Selma saiu.

A noite chegou, nada da raivosa. Papai estava sem pouso, não conseguia ficar na biblioteca e em canto algum. Selma estava tirando o sossego do meu pai.

Ele foi para a cozinha preparar o jantar. Comemos calados. Quando estávamos quase acabando, eu disse:

— Pai, você acha que a Selma vai voltar?

— Hum?... — murmurou, tirando o pigarro.

— Pai, fiz uma pergunta.

— Não sei, Luciana, acho que sim, não sei — respondeu, embaraçado.

Outra conclusão a que cheguei: se Selma não conhecia meu pai, ele também não sabia quem ela era. Como é que se casam assim, hein?

Continuamos na mesa. A cara de papai começou a pular; a não ser por isso, tem um rosto parado. Na verdade, ele nem estava ali, fugiu do seu corpo. Selma o levou. Bruxa. Eu estava sozinha. Já tinha visto ele mudo, mas como naquele dia, jamais! Levantamos porque não havia outra coisa a fazer. Fomos para a cozinha lavar louça, ele lavava, eu enxugava e guardava. O silêncio continuava. Perguntei:

— Pai, vamos conversar?

— Sobre o quê, Luciana?

Enxugou a testa com o braço, sempre fazia esse gesto quando estava na pia.

— Sei lá, pai, qualquer coisa...

— Não acha que está na hora de dormir?

Agora tinha certeza que ele não queria minha companhia. Nem me olhou direito. Saí arrasada da cozinha. Entrei no quarto e me atirei sobre Branquinha, única a entender grandes dores. Teo tentou conversar, Tininha também, mas eu não quis saber; continuei deitada abraçada com Branquinha, seu rosto colado ao meu. Quase contei para ela a história do ciúme de Selma, mas não tive coragem, ainda continuava fraquinha, podia não aguentar.

Papai apareceu para dar boa-noite, e nada de recobrar o verde. Saiu cabisbaixo. Estava quase dormindo quando ouvi a porta da entrada bater com força. Levantei com Branquinha no colo, colamos as orelhas à porta e afinamos os ouvidos. Sequência de ruídos. A barulhenta voltou. Será que furou o olho da argentina? Daqui a pouco podemos ter polícia em casa, meu Deus!

De nada adiantava mamãe tentar conversar, eu não queria falar. Deixei papai e Selma mudos. Fiquei tanto tempo vendo gente calada, que perdi a vontade de falar. Às vezes penso em ficar um ano sem falar, só para ver como é. Mamãe observava, agora deu para isso. Tentou de todas as maneiras me alegrar mas não tinha jeito. Queria ficar quieta, no meu canto, ou lendo, ou pensando. A primeira vez que saio de casa, e papai nem liga. Só olha para o computador; e a grandona ou está ouvindo música, ou foi para a rua. Coisa horrível, casamento.

Mamãe a toda hora passava por mim, para ver se eu tinha mudado de ânimo. Até Nilceia veio puxar conversa, se ofereceu para fazer pipoca. Precisam ver o tamanho dos pés dela, nunca vi coisa igual, enormes! Agora só coisa grande à minha volta, não sei o que é isso. Já falei. Ela diz que não se calça e, de fato, vive descalça, coitada! Não sei como faz pra sair... Quando puder falar, vou perguntar a ela. Sei que as duas não têm nada a ver com o que acontece na minha casa, mas a coisa lá está séria, não consigo pensar em mais nada.

Mamãe passou de novo na minha frente. Querem ver como vai dizer alguma coisa?

— Luciana, o que está havendo, o gato comeu sua língua?

Não disse? Pensando bem, não é justo fazer isso com ela, vou falar.

— Mãe, problemas.

— Problemas!?

Sentou perto de mim.

— Mãe, escuta uma coisa. Tem coisas que não posso falar, entende?

— Quais, por exemplo?

Decidi ser sincera.

— Sobre as coisas que acontecem na casa de papai.

Para ela, tinha que dizer casa de papai, senão ficava sentida.

— E o que está acontecendo que você não pode dizer, filha?

— Mãe, não posso, não posso.

— Mas você está sofrendo...

— Não estou não, mãe, estou preocupada. Quer dizer, só um pouco.

— Então? Não disse?

— Mãe...

— Em que posso ajudar?

Mamãe sempre quer ajudar, é uma coisa muito importante para ela.

— Nada, mãe, nada.

— E se você contar, o que pode acontecer?

Pensando bem, não sabia. Estava muito sincera hoje.

— Não sei.

— Então...

— Mãe, então está bem! A Selma vai furar o olho da argentina, e por causa disso papai e ela não se falam mais.

— O quê!?

Mamãe caiu na risada. Onde já se viu rir de uma coisa dessas? Fiquei pasma.

— Que história é essa, Luciana? — ainda ria.

Viram por que não gosto de falar?

— É isso que te preocupa, filha?

Estava impressionada com a reação de mamãe. Estão vendo como nunca sei o que pode acontecer?

— Mãe, não quero mais falar no assunto.

— Tudo bem, por isso não vale a pena mesmo você se preocupar.

Mamãe estava rindo. Incrível!... Uma pessoa ia ter o olho furado, pela mulher do meu pai, e ela ria.

— Minha filha, não se preocupe, eles resolvem entre eles.

Não disse? Não adianta conversar, não enxergam e não escutam. Continuei calada.

— Luciana, deixa de bobagem. Não liga não.

Bobagem... Papai disse a mesma coisa e ficou mudo daquele jeito.

— Mãe, já falei, agora me deixa quieta lendo revistinha, está bem?

Saiu sorrindo do quarto.

Assim que eu voltar, vou conversar com Tininha; ela sim, sabe ouvir as coisas. Mil vezes as bonecas.

9

O ambiente lá em casa continuava o mesmo. Não, não é verdade, estava pior. Papai nem foi me esperar no elevador. Quando cheguei, só consegui entrar porque a diarista abriu a porta. Mal conseguimos nos falar, a moça e eu, porque o som estava aos berros. Assim que botei o pé em casa, vi Selma estirada no sofá da sala, com o telefone ao lado, no chão. Nos cumprimentamos, em seguida ela fechou os olhos, cruzando os braços sobre a cabeça.

A biblioteca estava fechada; abri a porta devagar, papai estava de costas, trabalhando no computador, como sempre. Quando me viu, se assustou, não tinha escutado o interfone. Pediu que eu encostasse a porta (devia ser para não ouvir a música furiosa). Cheguei perto dele, a mesma atenção de sempre, mas poucas perguntas; logo vi que estava mais calado (como se fosse possível!).

Fui para o quarto conversar com quem estava falando. Tinha assunto atrasado, principalmente com Tininha, já que tinha sido impossível conversar com mamãe. Passamos a tarde batendo papo. Como sempre, sabendo das coisas;

igual a ela não conhecia boneca alguma, era mesmo especial. Falei sobre os dois presentes da casa de mamãe: Coelho e Boneca. Aliás, esse assunto falei com todos e eles prestaram atenção, e para minha surpresa se mostraram curiosos. Fiquei de trazê-los da próxima vez. Teo ficou numa excitação para ver Coelho que vocês nem imaginam, só não ficou satisfeito quando soube que teria que dividir sua comida. Expliquei que precisavam se acostumar uns com os outros. Afinal, eram todos da mesma família. Conversei tanto com Tininha, que não sei como não ficamos roucas. Depois da conversa fiquei mais calma. Tininha garantiu que nunca boneca alguma fez mal à dona. E que papai saberia dar um jeito no ciúme de Selma. Palavra dela, sabem como é, confio mesmo.

Papai bateu na porta avisando que o jantar estava na mesa. Tivemos o mais estranho dos jantares: os dois continuavam sem se falar, só falavam comigo. Descobri também que não se olhavam, quer dizer, a grandona não olhava pra papai. Ele olhava para ela, mas ela nem via. Nunca tinha visto uma coisa dessas na vida, dois adultos casados que não conversavam. Não sabia o que pensar, estava confusa, achei melhor ficar quieta também. Quando acabamos de comer, voltaram ao que estavam fazendo, papai para o computador, e a comprida ligou o som ao mesmo tempo que telefonava. Será que era para o tal namorado? Parecia feliz no aparelho. Achei melhor ir embora dali. Voltei para o quarto e liguei a televisão. Devo ter dormido com ela ligada porque não lembro de ter me levantado.

Acordei no meio da noite ouvindo briga. Fiquei mais confusa ainda do que antes. Ouvi voz de mulher gritando e chorando, e voz de homem gritando também. De repente a noite se encheu de gritos. Fiquei um tempo na cama até ter certeza de que estava acordada; não era sonho. Tininha acordou também. Perguntei se estava ouvindo o que eu estava, respondeu que sim, tinha acordado há mais tempo. As vozes, exaltadas. Fiquei na cama me sentindo mal, ainda bem que Tininha não estava dormindo. Perguntei se ela queria ver o que estava acontecendo. Saímos as duas do quarto, uma luz cinzenta iluminava o corredor. Assim que comecei a andar, as vozes ficaram mais altas; fui em direção à porta do quarto de papai. A cada passo que eu dava meus ouvidos chegavam a doer. O que será que acontecia? Está vendo o que dá ficar tanto tempo calado? Quando estava em frente à porta deles, ouvi a voz de meu pai gritando.

— Se quer ir embora, vá! É você quem quer se separar...

Ouvi um choro alto. Depois, barulho de coisas caindo. Comecei a tremer, o pior é que Tininha também, e pediu para que voltássemos para o quarto. Eu não conseguia sair do lugar. Ouvi de novo a voz do meu pai.

— Para com isso, para... Está louca?

Meu Deus!... Nunca tinha escutado papai gritando... Tremia tanto, estava tão confusa e nervosa, que não sabia de mais nada. Comecei a chorar e a chamar por ele.

A porta se abriu, papai apareceu e me olhou mudo e transtornado. Recebi um choque violento. Não sei o que me fez dizer, gritando também:

— Querem parar! Para, para...

Ele não sabia o que fazer, tonto tonto. Selma continuava chorando lá dentro. Papai me deu a mão, trêmula, e me levou de volta ao quarto. Tininha soluçava. Todo mundo chorava, menos papai, que agora estava com uma brancura no rosto que eu nunca tinha visto.

Me deitou sem dizer uma palavra. Continuei acordada esperando não sei o quê. Estava com um medo esquisito, bem diferente do que sinto na casa de mamãe. Sentia frio, apesar de estar calor; e suava. Não sabia mais onde ficar para não sentir medo. Levantei para pegar Branquinha — Tininha já estava comigo —, peguei também as irmãs e botei todas na cama. Levantei de novo, atrás do grilo, com o escuro não o encontrei; chamei baixinho, não respondeu, será que foi embora com medo? Não ouvi mais a voz de papai nem a de Selma. Coloquei todas as bonecas na barriga e dormimos tão abraçadas que quase sufocamos.

De manhã, quando acordei, continuava esquisita; saí logo da cama, deixei todas as bonecas dormindo e fui até a sala; encontrei papai dormindo no sofá. Sentei ao lado dele e fiquei olhando. Estava com a cara cansada e todo encolhido. Parecia um boneco velho. Se eu fosse grande e forte, pegava ele no colo. Selma apareceu na sala também, com a cara parecida com a dele. Disse que ia passar o dia fora. Tomei coragem e perguntei o que estava acontecendo.

— O que está havendo, Selma?

Não me olhou para responder. Fugiu com os olhos. Disse, em voz baixa:

— Nada... nada...

— Onde você vai, Selma?

— Me controlando você também?

Não soube o que responder; não entendi. Papai continuava dormindo. Continuei tomando conta dele, não sei por quê. Não estava entendendo as pessoas da minha casa, nem me entendendo também. Tudo confuso. De repente, papai abriu um olho, me viu, puxou meu corpo pra junto do seu, me fazendo deitar também, colocando um de seus travesseiros na cabeça. Ele sempre dorme com dois, um debaixo da cabeça, e outro por cima. Se tapa todo, deve ser para não escutar nada mesmo. Fiquei ali acordada, abraçada a meu pai dormindo. Selma passou arrumada e perfumada pela sala, deu adeusinho pra mim, e saiu batendo a porta. Não sei que tanto bate portas!

Papai fez comigo o que eu fiz à noite com as bonecas: me botou na barriga. Fiquei ali imóvel, às vezes pensando muitas coisas, às vezes não pensando em nada.

Só nos levantamos depois de muito tempo, eu já estava toda doída e com os braços dormentes, mas não quis me mexer com medo que ele acordasse.

O telefone tocou a tarde inteira para Selma. A família atrás dela. Papai atendeu várias vezes: a mãe de Selma, o irmão, a cunhada. A cada vez que desligava, a cara era mais preocupada.

— O que está havendo, pai?

— Estão preocupados.

Em uma das vezes que o telefone tocou, atendi, era mamãe, querendo que eu fosse para lá. Disse que não queria. Insistiu. Pedi para papai atender e dizer que eu queria ficar com ele. Foi, chateado, falar. Mamãe voltou a ligar, insistindo. Atendi de novo, disse que não sabia dizer por que queria ficar. Acho que estava nervosa também. Todos nervosos.

Papai não conseguia trabalhar, não se concentrava, e eu não conseguia conversar no quarto. Perambulamos pela casa o dia inteiro. Ele, acho que esperando notícias de Selma; eu, esperando que ele voltasse a ficar calmo. Casamento pode ser uma grande confusão. O telefone voltou a chamar, a mãe de Selma de novo; a cada chamada, o nervoso dele piorava. A noite chegou sem Selma. Fui dormir deixando papai acordado.

De manhã cedo, quando acordei, voltei à sala, agora quem estava no sofá era a comprida. Que confusão a nossa casa!

Assim que papai me viu acordada, disse que queria falar comigo. Entramos na biblioteca.

— Filha — com olhos fundos, me olhou de fundo —, quero que você vá para a casa de sua mãe. Além dela querer também, estou precisando ficar sozinho com Selma.

Senti uma coisa horrível, horrível. Horrível.

— Pai... não quero. Quero ficar aqui!

— Eu sei, Luciana, mas preciso que você vá.

Sabem quando ele dá algum assunto por encerrado, não é?

Fui embora com uma tristeza esquisita, raivosa, cansada de pai, mãe, Selma, tudo.

No dia seguinte, o sol estava fortíssimo na praia. Mamãe insistia para que eu ficasse debaixo da barraca. Eu queria ficar catando tatuí. Ela diz que se toma sol filtrado. Às vezes mamãe joga frescobol, considera exercício fundamental para a saúde. Mas na maioria das vezes fica esticada que nem lagartixa na sombra e de chapéu. Proteção atrás de proteção. O único grande medo de mamãe é envelhecer. Ela me falou. Não entendo sentir medo disso... Conhece tudo que faz bem pra saúde, e também tudo que faz mal. Vive me ensinando essas coisas, acho tão chato... Mas ela dá uma importância, que nem lhes conto.

Estou me sentindo muito esquisita, com vontade de me esconder como os tatuís; acho que mamãe percebeu. Ela percebe as coisas diferente de papai, parecendo sempre que não percebe. Ou sou eu quem custa a perceber, sei lá. O que quero dizer é que, quando meu pai percebe, noto logo; e mamãe, não. Mas hoje acho que percebeu que eu queria virar tatuí. Estou que nem eles, casca fininha e sem nada dentro. Oca oca. Não consigo pensar em nada, nem em Tininha, apesar de toda aquela conversa que tivemos. Vontade de me enterrar na areia fresquinha.

Mamãe levantou sacudindo-se toda. Passou por mim saltitante.

— Luciana, vai ficar o tempo todo aí tomando sol e catando esses bichos?

— Por quê, o que que tem?

— Vai se queimar muito!

Lá foi ela mergulhar. Adora o mar.

Já consegui botar meia perna dentro do buraco, quem sabe consigo botar a outra também. Já vem ela de volta, pingando.

— O que está fazendo, filha?

Impressionante como vê sempre o que estou e o que não estou fazendo. Melhor dizer logo.

— Estou tentando me enterrar, você acha que vou conseguir?

Precisavam ver a cara esquisita que mamãe fez.

Não ia mais embora da casa de mamãe, e ela não dava explicações. Perguntei várias vezes quando voltaria à casa de papai, ela dizia depois... Depois do quê!?

Estava contente por eu estar lá; e Nilceia também. Mas apesar de todos os programas que fazíamos, tinha sempre a impressão que na casa de mamãe não acontecia nada. Os dias passavam todos iguais. Mudos.

Papai não telefonou, não sei dele. O que será que aconteceu na minha casa que não me deixam voltar? Aqui não tenho amigos, quer dizer, Coelho até que é legal, mas dá trabalho; só limpar aqueles cocozinhos, é uma chatura! E Boneca, com aquele tamanho todo de adulta, não diz uma palavra; analfabeta. Só fica me olhando. Estou com menos medo dela, depois da conversa com Tininha, mas não passou completamente. Ela é bem estranha; os sapatos dela são tão grandes... Ih!, quem sabe servem pra Nilceia? Vou tentar ver isso.

Lá estava Boneca, no lugar de sempre, sentada na cadeira do quarto, parecendo uma professora antipática. Me aproximei falando, apesar de saber que é muda (ou finge?).

— Boneca... — disse, fazendo cerimônia. — Vou pegar um dos seus sapatos pra ver se cabe no pé de Nilceia, está bem?

Boneca não disse palavra, nem o olho arregalou. Horrível, que diferença de Tininha... Tirei o sapato, e o pé ficou duro apontando para o alto. Tudo é esquisito nela, que ideia de mamãe... onde achou esse trambolho?

Virei as costas e fui para a cozinha. Nilceia estava no fogão, mexendo as panelas, cantando.

— Nilceia! Olha o que trouxe pra você, vê se serve...

Nilceia olhou e caiu na gargalhada, ria que só ela. Não gosto que riam de mim, mas Nilceia eu não ligo, é tão divertida...

— Ô, menina Luciana, então você acha que sapato de boneca cabe nessa lancha aqui?

Levantou o pezão. E voltou a rir. Saí da cozinha sem graça, com o sapato na mão. Acho que não estou raciocinando bem, não ando boa da cabeça. Eu, hein?!...

Liguei para papai. Atendeu logo no aparelho ao lado do computador. Falava pouquíssimo, e nesse dia, menos ainda, acho que qualquer dia perde a voz de vez. Perguntei quando eu ia voltar para casa. Respondeu que conversasse com mamãe, havia telefonado para ela. Disse a ele que não entendia por que eu não podia voltar. Ficou em silêncio enquanto eu falava. Ouvi alguém falando alto do outro lado da linha. Perguntei o que era. Será que brigavam de novo? Não iam mais parar com isso? Papai disse que não podia conversar comigo naquela hora. Cada vez eu entendia menos e menos. Desliguei com a impressão de que não tínhamos nos falado. Saí confusa do telefone. Fui procurar mamãe; tinha ido ao cabeleireiro. Fui para o quarto e tive vontade de esgoelar

Coelho, pra ele parar de fazer cocô, e quebrar Boneca em mil pedaços para ver se encontrava alguma coisa dentro dela. Não tive coragem.

Ouvi a voz de mamãe na sala. Corri ao seu encontro.

— Mãe, quero falar com você. Liguei para papai e ele disse que era pra eu conversar com você.

Pela primeira vez achei que mamãe olhou de fundo. Ficou no meio do passo, indecisa.

— Ouviu, mãe? O que está acontecendo que eu não posso voltar pra casa de papai? Sempre depois, depois...

Continuava parada, bolsa na mão, pensativa. Nilceia entrou perguntando se podia tirar o almoço. Mamãe respondeu que ela esperasse um pouco. Continuou me olhando, até que disse:

— Está bem, filha, vamos conversar.

Fomos para o escritório. Mamãe também tem canto de estudo e trabalho, só não fica o tempo todo trancada. Assim que entramos ela fechou a porta; não entendi, mas como não estava entendendo nada mesmo, não liguei.

Mamãe sentou e me olhou de um jeito que nunca tinha olhado antes. Sentei também, esperando a conversa.

— Luciana — adoçou a voz —, não dá para você voltar para a casa de seu pai, pelo menos por enquanto.

Desandei a chorar, ela se levantou da cadeira e veio me abraçar.

— Escuta, filha, não chore assim...

— Por quê? Por que não posso ir pra casa?

Ficou em silêncio, abraçada comigo.

— Mãe!... quero ver meu pai, quero voltar pra casa dele!

— Eu sei, filha, eu sei...

Eu chorava com raiva.

— Então, diz! Por que não posso ir?

— Luciana, acho difícil você entender, mas mamãe vai tentar falar.

— E para de falar assim!

— Assim como?

Arqueou as sobrancelhas.

— Mamãe isso, mamãe aquilo...

Ela escancarou os olhos, e voltou a ficar em silêncio. Nunca falei assim com ela. Mas tudo agora estava demais!

— Está bem, filha.

Passava a mão carinhosamente na minha cabeça, que fervia.

— E aí, mãe, fala logo, por que eu não posso ir?

— Luciana, a mulher de seu pai está doente.

— E o que tem ela estar doente? Você já ficou toda quebrada e eu te cuidei.

— É uma doença diferente, filha.

Mamãe estava cheia de dedos pra falar.

— Qual, mãe? O que tem de diferente que eu não posso ver?

— Não é isso, é que seu pai não está podendo dar atenção a você por causa da doença da Selma.

— Que doença, mãe?!

— Luciana — baixou o tom de voz —, a mulher de seu pai não está bem, está com problemas.

— Está maluca, mãe?

— Não, não fale assim...

O que será que Selma andava fazendo que papai não queria que eu visse?

— E por que ele não manda ela pra outro lugar?

— Não é assim, filha, seu pai agora é marido da Selma, gosta dela, deve estar sofrendo.

Não conseguia pensar em mais nada, fiquei imaginando Selma maluca. Me horrorizei pensando nos meus lá dentro com a grandona gritando. Deitei a cabeça no colo de mamãe para que ela continuasse a me fazer carinho.

Nilceia apareceu no escritório perguntando se podia tirar o almoço. Fomos para a mesa.

Aproveitei que mamãe saiu para voltar a telefonar para papai. De novo atendeu logo. Disse que mamãe tinha conversado comigo, e que eu não via razão para não estar lá também. Já sabia de tudo, queria que ele viesse me buscar. Ficou em silêncio; perguntei se estava me ouvindo. Pediu que eu tivesse um pouco de paciência, acreditava que no final da semana estaríamos juntos de novo. Perguntei como estava Selma, o que ela andava fazendo dentro de casa; hesitou em responder. Perguntei se tinha entrado no meu quarto; ele não sabia dizer. Antes de querer desligar, disse que, mesmo que ele não quisesse que eu voltasse pra perto dele, precisava pegar minhas bonecas. Papai pigarreou bastante, a cara devia estar aos pulos.

Nunca achei Selma boa da cabeça, desde o primeiro dia em que a vi jogando a cabeça pra trás. Deve ter ficado doente por causa disso, ninguém pode ficar fazendo isso a toda hora. Lá em casa tenho certeza que não deu cabeçada em lugar nenhum, mas em outros lugares, sabe-se lá? E agora, como é que papai vai fazer? Será que não dava para chegar pra família dela, agradecer e devolver?

Na falta de Tininha, fui conversar com Nilceia (estava em seu quarto com o rádio ligado numa falação interminável). Assim que me viu, sorriu. Muito simpática, Nilceia. Da simpatia dela eu gosto.

— Nilceia, sabe que a mulher do meu pai ficou maluca?

— Virgem... Cruz-credo! — se benzeu.

— Por que você fez isso, Nilceia?

— Pra afastar essas coisas...

— Você tem medo de maluquice?

— E não é pra ter, menina?

— Por quê?

— Uai, quem fica maluco é porque perdeu a cabeça, não sabe?

Sabia mais ou menos, quer dizer, para ser sincera, não sabia.

— E depois volta a ficar boa, não é, Nilceia?

— Não se preocupe não, deve ficar boa. Seu pai não está cuidando?

— Está.

— Então... Pensa mais nisso não.

Fez um carinho na minha cabeça. Todos os carinhos na cabeça.

Cheguei em casa doida pra ver como é que Selma tinha ficado maluca. E também ver meus queridos, e saber deles o que tinha acontecido na minha ausência. Papai me acompanhou até o quarto deles. Encontrei Selma deitada, com a fisionomia abatida e com cara de criança, muito esquisita. Falei com ela.

— Oi, Selma, tudo bem?

Me olhou com olhos apagados e imóveis, parecia que estava em outro lugar. Abanou a mão pra mim. Reparei que abraçava alguma coisa, mas como estava coberta não deu para ver. Papai sentou na beirada da cama, fazendo um gesto para que eu me sentasse em seu colo. Ficamos ali vendo a doença de Selma. A mesa-de-cabeceira cheia de coisas: garrafa de Coca-Cola, biscoitos, vidros de remédios, xícara de café. Acho que ela não estava saindo da cama. Papai se dirigiu a Selma:

— Meu bem, Luciana voltou, estava preocupada com você, telefonou várias vezes querendo notícias.

Ela me olhou com olhos vagos, sorrindo triste. Passeava os olhos por ali como por nada. Papai disse que era melhor deixarmos Selma descansar. Levantamos os dois, ela nem ligou quando saímos. Fui pelo corredor fazendo perguntas. Ele desandou a murmurar hum hum, percebi então que não queria conversa; como Selma. Fui para o meu querido quarto.

— Tininha, Teo, irmãs, Branquinha... Cheguei!

Só ouvi a voz do Teo.

— Puxa, Luciana, achei que não ia voltar nunca mais...

— Dessa vez, Teo, não queriam que eu voltasse. Selma adoeceu, está de cama, você soube?

— Ih, Luciana, foi uma confusão danada...

— Conta, Teo, conta!

— Não sei muito bem porque me protegi, sabe o meu tamanho, se ficasse indo de um lado para o outro acabava esmagado. Mas houve correria, gritaria, choro, um monte de coisas esquisitas.

— Não fala nada pra ninguém, Teo, mas parece que Selma ficou maluca, sabia?

— Só pode estar, entrou aqui várias vezes falando coisas que nenhum de nós entendeu.

— O que ela veio fazer aqui?

— Ah, não sei...

— Vou falar com Tininha.

— Ela não está mais aqui.

— O quê?

— Selma levou Tininha, Luciana.

— !?

Nem acabei de ouvir Teo falar, saí desorientada do quarto para a biblioteca, chegando lá sem ar. Papai de costas, como sempre.

— Pai! — quase gritei.

Virou a cadeira numa rapidez que eu nunca tinha visto.

— Selma pegou Tininha!

Ele respirou fundo. Levantou cansado, pedindo que eu fosse atrás dele. Entramos novamente em seu quarto.

— Selma... Selma... Você viu a boneca de Luciana?

Ela deu um sorriso estranho. Papai insistiu, perguntando de novo. Selma abaixou a coberta e eu vi, estarrecida,

Tininha em seus braços. Durante um minuto, odiei-a profundamente. Achei que podia fazer com ela pior do que tive vontade de fazer com Coelho e Boneca. Supliquei que papai pegasse Tininha. Foi o que fez. Selma ficou chorando baixinho.

10

Com a trabalheira dos adultos, dos adultos não, da grandona, andava péssima dona de bonecas, descuidando delas, principalmente de Branquinha, logo a que precisava de mais cuidado. Se não quiserem mais saber de mim, têm toda razão.

Depois de Selma ter feito o que fez, roubado Tininha, não sei mais o que pode acontecer. Aliás, depois de cuidar de Branquinha, preciso conversar com Tininha para saber como é que se deu o rapto. Acho bonita essa palavra porque ela acaba de repente, tem que se fechar a boca rápido. Podia falar um monte de coisas sobre o assunto, mas aí, tenho medo de me perder, não fazer minhas obrigações: cuidar dos meus. Em todo caso, preciso deixar dito: adoro palavras, me divirto com elas mais do que com qualquer outra coisa; depois das bonecas, claro.

Bem, viram como está confusa a situação na minha casa, não é? Papai, uma preocupação ambulante; Selma, maluca; Branquinha, descuidada; as irmãs, dormindo (bem, quanto a elas, não é novidade, raramente estão acordadas). Tempos difíceis à beça. Teo, felizmente, bem. Dá pra contar com o grilo, graças a Deus. Mas estou de volta, com Tininha em meu poder. Sem ela não brilho.

Não sei se Selma continua chorando, para falar a verdade não quero nem saber. Imaginem só, uma mulher daquele tamanho, abraçada com a minha boneca. Não entendo mais nada a respeito dessa pessoa, se é que algum dia entendi. O que será que acontece com ela? Enfim, é problema de papai. Quem mandou se casar? Por falar nele, anda num abatimento que só vendo. Pela primeira vez, estou com medo que possa se desmilinguir. Está magro, abatido e preocupado. A única coisa que se mantém igual é a cor, esverdeada. Não falei a verdade, não está igual não, está puxado pro cinza. Descobri que quando ele não está bem, fica acinzentado. Papai, a cada hora de uma cor.

Antigamente, ele ia da biblioteca à cozinha; agora, percorre três lugares, os dois de antes, e mais seu quarto, onde "descansa" a grande Selma. Não sei do quê! Tão sobrecarregado meu pai, coitado! Quem sabe por isso mamãe não queira se casar, hein?

Bem, chega de conversa, vou ver Branquinha. Depois, conversar com a inteligente Tininha.

Encontrei-a mais esvaída ainda. Uma coisinha de nada. Que preocupação, vocês não podem imaginar. É de uma fragilidade espantosa. Assim que me aproximei, olhou pra mim como os anjos. Nos entendemos pelo olhar, como se nos tocássemos à distância. Peguei o travesseiro, coloquei Branquinha em cima e sentei na cama. O arco-íris apareceu para abraçá-la. É perigoso pegar Branquinha direto no colo; além de miúda, sinto que pode quebrar de uma hora para a outra. Muito perigoso. Fiquei ali olhando para ela, me desculpando. Ela não reclama, não sei se por temperamento, ou por não ter força. Acredito que seja seu jeito mesmo. Sorria, mansamente. Senti os olhos cheios d'água.

— Você é tão querida... — disse.

Ela começou a chorar também, calminha como ela só. Ficamos ali, naquele choro mansinho. Felizmente o quarto estava em silêncio. Teo e irmãs dormiam, Tininha esperava, com aquela sabedoria própria dela. Ainda bem que Selma tinha escolhido Tininha para roubar; Branquinha teria morrido em seus braços. Dei de mamar a ela e seus olhinhos foram se movendo devagar até fecharem de sono. Botei-a pra dormir, e fui conversar com Tininha.

— Oi, Tininha, como está agora?

— Agora, tudo bem.

— Quero saber como foi o rapto.

— Luciana, a história é comprida, mas acho que você precisa saber.

Sentei para ouvir direito.

— Pode falar.

— Bem, então vamos lá; foi assim: um dia, Selma entrou de repente no quarto, e dizendo coisas confusas lançou-se sobre mim me agarrando e me levando para o quarto dela. Não disse nada, claro, até porque você sabe que não escutam. Mas o importante não é isso. O que ela dizia e que consegui entender, é que ela quer ter um filho e não está conseguindo. Já foram a médicos e médicos.

— Ah... Até que enfim entendi a ida aos médicos! Puxa!

— O que foi?

— Nada, nada, continue, Tininha.

— Pois é, tudo que Selma quer é ter um bebê e não está conseguindo engravidar. Palavras dela. Então, culpa seu pai. Ao mesmo tempo, você está aí para provar que o problema não é dele.

— Tininha, não sei por que de repente estou me sentindo tonta, tonta... Preciso deitar.

— Se você quiser podemos deixar o resto da conversa pra outro dia...

— Prefiro, Tininha, me deu um sono...

Só lembro de ter esticado as pernas na cama, mais nada.

"Esses bebezinhos que a senhora carrega são meus, moça. Pode largar aí em cima da prateleira, vou levar todos pra casa de mamãe. Não adianta a senhora esconder nenhum, sei quantos são, foi Coelho quem os teve. É, pode deixar. Não vai acender fogo nenhum, senão chamo vovô que é bombeiro e ele manda a senhora para a prisão. Já viu vovô, moça, já? Ele trabalha com computador, e se a senhora não deixar todos aí, ele faz muitos mais na tela que tem. Larga a mão da menor, a senhora não está vendo que faz mal a Branquinha? Para de mexer na pequena. Sabe que ela é feita de leite, e brilha no quarto firmamento? Por que não vai embora e me deixa tomar conta deles? Sei cuidar, pensa que não? Tem aquele que parece um grilo; não é, é gente pequena, boa de se dar de mamar. Mamãe vai cuidar, moça, pode deixar, ela sabe o que faz bem pra saúde, gosta de mergulhar. Papai então nem se fala... Larga a mão do bebê, ele pode estranhar, são todos meus, todos, papai me deu quando eu era pequenininha. Só cabem em caixa de sapato e em cima de travesseiro. Larga, moça, larga..."

— Tininha, Tininha!

Quase acordei o quarto inteiro. Tininha respondeu.

— Que é, Luciana, pesadelo?

— Hum, hum...

— Bebe água que melhora, seu pai deixou o copo na cabeceira.

Bebi a água toda.

Acordei tarde, todos já de pé, inclusive Selma.

Selma empalideceu com a doença. Agora tínhamos papai verde-cinza, e a grandona branca. Sem contar, claro, comigo, rosada, Tininha também.

Estávamos reunidos de novo, Selma desfeita, papai acabado, e eu muito bem. Senti pena e raiva de Selma ao mesmo tempo. Uma coisa a comprida conseguia, que eu sentisse coisas diferentes. Papai e mamãe não despertavam isso em mim, sentia sempre igual. Mais ou menos, não fui sincera. A grandona quieta como uma múmia; papai, gentil com ela, preocupado, melhor dizendo. Puxei assunto, afinal não nos falávamos há muito tempo.

— Está melhor, Selma?

— Mais ou menos — sorriu sem força.

Papai sorriu pra mim.

— Estava preocupada com você.

Ia dizer mamãe e eu estávamos preocupadas, mas achei melhor não.

— Seu pai falou, Luciana.

— Selma, preciso dizer que fiquei chateada, não sei se você sabe que pegou minha boneca preferida.

Papai fincou os olhos em mim. Retirei logo o olhar.

— Desculpe, Luciana, desculpe...

— Tudo bem, está desculpada. Mas soube que você está querendo ter um bebê, é verdade?

Selma quase deixou cair a xícara, papai fez uma careta, nada comum nele.

— É, Luciana, é tudo que eu quero.

Se tiver um filho será de papai. Coisa esquisita.

— Já que está perguntando — continuou a comprida sofrida —, é tudo que mais desejo na vida.

— E por que não tem?

— Filha, os bebês vêm quando querem — respondeu papai.

— Quer dizer que fui eu quem quis, não foram vocês, pai?

Ele pareceu confuso, não sei por quê. Continuei a perguntar.

— E se você não tiver, Selma?

— Vou ser a mulher mais infeliz do mundo, já disse a seu pai.

— Não basta ter casado com ele?

— Não, não, é outra coisa...

Não sabia continuar a conversa. Levantei da mesa me sentindo de menos e de mais. Um horror. Papai percebeu, como sempre.

— Aonde vai, filha?

— Sair daqui.

Selma olhou para papai, papai olhou pra mim, eu não olhei ninguém.

Me atirei sobre a cama sentindo que Teo me observava sem desgrudar. Olhei para um céu vazio. Pensava em filhos, mães, pai... Teo me chamou.

— Que está havendo, hein, Luciana?

— Nada, Teo, nada...

— Ah, te conheço, está tão sorumbática.

O grilo fala palavras que gosto, diferentes.

— Tive uma conversa agora com papai e Selma que me deixou assim.

— Por quê?

— Teo, você acha a coisa mais importante do mundo ter filhos?

— Não sei responder, não tenho. Mas acho que não.

— Posso entrar na conversa?

Ouvimos a voz de Tininha, animada.

— Claro.

Quando não queria ouvir Tininha? Além do mais, estava mesmo preferindo que falassem.

— Luciana, por falar em filho, tenho uma surpresa pra você.

Qual poderia ser? Estava tão desanimada, que nem Tininha falando em surpresa fiquei contente. E olha que gosto das surpresas dela.

— Qual, Tininha?

— Você nem vai acreditar...

— Diz logo, minha boneca — disse Teo.

— Que confiança é essa comigo, grilo? — reclamou Tininha.

— Hoje está difícil brincar nesse quarto, hein!

— Deixa eu falar, Teo, para de me interromper. Luciana, uma das irmãs está grávida!

— Hein!?

Quase caí da cama.

— Isso mesmo que você acabou de ouvir!

— Quem é o pai? — perguntou Teo.

— Ah... isso ela não quer dizer. A gente tem que respeitar.

— As irmãs, grávidas?...

— As irmãs, não, Luciana. Uma delas, a outra está com uma inveja danada.

— E como vai ser agora, Tininha?

— Ué, o neném vai ser dela, vou ser tia, é isso.

— E você, não ficou com inveja também?

— Teo, você hoje está chato, sabia? Não devia te responder; aliás, estou conversando com Luciana — virou-se pra mim. — Luciana, decidi há muitos anos que eu não teria filho. A não ser pela experiência, cheguei à conclusão que não perco nada.

— Não foi Luciana quem te perguntou!

— Ah, Teo, não enche o saco.

— Vocês também vão brigar, é? — perguntei, preocupada.

— Não, Luciana, imagina. Teo é meu amigo, não é, Teo?

— Claro, claro, titia.

— Está implicante, hoje, não é, Luciana?

— Acho que está brincando, espero; ando cheia de brigas.

— Claro, suas bobas.

Tininha desviou os olhos, virando para o lado.

— Que foi, Tininha?

— A irmã grávida me chama. Deve estar enjoada.

Impressionante como Tininha sabia tanta coisa! Deve ter lido todos os livros de papai. Chegou em casa antes do meu nascimento. Não entendi nada da tal experiência. Às vezes fala como se tivesse dezoito anos. Que será que quis dizer com isso? Não fosse a irmã grávida chamar nessa hora, ia perguntar. Se ia.

Como faríamos no quarto com mais uma irmãzinha? Dizem que os bebês choram muito de madrugada. Será que nos deixaria dormir? E a outra, coitada, estava feito Selma, sem neném para esperar. Tininha ia ter muito trabalho pela frente, já dava pra ver. Será que ficaria sem suas conversas? Branquinha ainda não dava para ser amiga, enquanto estivesse daquele jeito era só cuidar e cuidar. Mas quem sabe como ia ficar quando crescesse? Seria tão inteligente, preparada e esperta como Tininha? Acho muito difícil alguém igual a ela.

Uma coisa que esqueci de perguntar, e preciso lembrar de perguntar depois, é se as bonecas têm um filho de cada vez, ou se é ninhada. Urgente saber quantos seremos no quarto. Vou escrever, senão esqueço mesmo.

Papai apareceu na porta. Tão abatido... já nem encontro nele os olhos dele.

— Luciana, Selma e eu vamos dar uma saída de carro. Quer ir?

— Ah, pai, boa ideia! Quero, se você puder passar na casa de mamãe para eu pegar Coelho e Boneca. Vamos?

Hesitou antes de responder.

— Está bem, filha, mas não é para demorar, está bem?

— Claro que não.

Avisei a todos que traria Coelho e Boneca. Ficaram na maior agitação, menos Tininha, toda ocupada com a irmã. Sabem que a barriguinha dela já está aparecendo? Tão bonitinha...

Coelho na mão, querendo pular, Boneca no braço escorregando, entrei de volta no quarto. Teo falava sem parar. Fui direto à janela pra ver se o grilo sossegava. Apresentei os dois. Se cheiraram bastante. Coelho perto de Teo parecia um boi. Teo puxava papo com ele, e ele, nada. Focinho pra cima e pra baixo, o tempo todo. Achei melhor deixar os dois juntos; botei Coelho no parapeito e fui levar Boneca para Tininha e irmãs verem. Branquinha estava dormindo, dormia cedo cedo. A fraqueza, sabem.

Boneca é enorme perto de Tininha. Pus ela em pé. Ela consegue sentar, ficar em pé e dar uns passos, com ajuda. Não comanda os membros. Além disso, é débil mental, não sabe dizer uma palavra. Ou será que guarda palavras, como papai? Tininha olhava para ela com a atenção que dava às coisas. Olhou, olhou, voltou-se pra mim e disse:

— É, Luciana, você tem razão. Essa Boneca é um trambolho. Só tem tamanho mesmo.

Como Boneca não entendia nada, podíamos falar mal dela à vontade. Olhem só a sugestão que Tininha deu:

— Luciana, por que você não empresta Boneca pra Selma? Pensando bem, elas têm tudo a ver, não acha?

Ri. Tininha falava cada coisa!

— Perfeito, Tininha, isso mesmo. Só assim ela não pensa nunca mais em vir te buscar, não é mesmo?

Papai entrou no quarto. De vez em quando vinha ver o que eu estava fazendo, igual à mamãe quando estou na casa dela. Que tenho eu para ser tão espiada, hein? Aproveitei a entrada.

— Pai, trouxe a Boneca pra Selma, que que você acha?

Deu um sorriso torcido.

— Luciana — fez voz de trombone —, o que aconteceu não voltará a acontecer. Selma não estava bem.

— Está bem, pai, tudo bem.

Mas que Boneca tinha cara de Boneca de Selma, lá isso tinha! Tininha acertou em cheio. Papai saiu torto do quarto. Era uma coisa que eu tinha reparado, quando ele não gostava de alguma coisa, o corpo dele empenava. Ah, lembrei, é quando as palavras doem nele... Como fui esquecer que papai sente as palavras com vida própria?

— Luciana, seu pai não gostou da história da Boneca.

— É, eu vi. Não falemos mais isso com ele, só entre nós. Por falar nisso, onde vamos colocar o trambolho?

— Por que não dentro do armário?

— Ah, isso não, mesmo que não sirva pra nada, vai tomar espaço lá dentro.

Rimos de novo. Teo perguntou.

— Que tanto vocês riem, hein?

— Ah, Teo, coisa de bonecas, você não vai entender. E aí, como vão as coisas entre os bichos?

— Vem ver o que aconteceu, Luciana.

— O quê, Teo? Não vê que estou ocupada?

— Só um instantinho...

— Você solicita tanto, Teo.

Aprendi essa palavra com Tininha, ela que fala assim das irmãs. Larguei Boneca em cima da cama e fui ver a bicharada.

— Teo, você se plantou em cima de Coelho?

Teo estava deitado de barriga pra cima, perna cruzada, na barriga de Coelho. Folgado como ele só.

— E o que tem? Está gostando. Pergunta a ele.

— Teo, Coelho não é como você que tem o dom da palavra. Ele não fala. Aliás, trouxe dois mudos pra casa.

Tininha voltou a chamar dizendo que as irmãs não viram Boneca direito. Peguei de novo o mastodonte para mostrar. Olharam, olharam e deram risada.

— O que acharam engraçado, meninas?

— Ela é enorme, Luciana — disse a barrigudinha. — Parece a mulher do seu pai.

Tininha e eu voltamos a rir. Muito engraçado Boneca no quarto. Fui ver Branquinha para saber se dava pra mostrar o Bonecão pra ela também. Qual... quando dorme não há santo que acorde. Me lembrei também que ela podia se assustar, nunca devia ter visto nada tão grande assim. Precisava mostrar com cuidado. Melhor que seja amanhã.

Na mesa do jantar Selma perguntou por Boneca. Tinha me visto carregando o trambolho, desde a hora que saí do edifício de mamãe.

— Gostou dela, Selma?

Papai cruzou o olhar pra mim, olhos duros e frios. Por que foi fazer isso? Comecei a rir. Ria, que não acabava mais, destampei. Chegou a sair farofa da boca. Selma, desentendida, perguntava o que estava acontecendo. Papai respondeu que eu estava boba. Eu, boba, e Selma e Boneca, burras, isso sim! Ele continuava me olhando sério. Impassível. Eu não conseguia me controlar. Peguei o guardanapo para abafar a risada. Quanto mais me olhavam, mais vontade eu sentia de rir. Uma coisa horrível...

— O que é tão engraçado, hein, Luciana? — perguntou Selma.

Pedi, engasgada, que perguntasse a papai. O olhar dele reluzia fogo. Afastei o rosto do seu olhar. Abaixei a cabeça para rir mais ainda.

— Luciana, acho melhor você sair da mesa.

Quase dei graças a Deus por ele dizer isso. Fui para o banheiro continuar a rir; fechei a porta. Ouvia os dois conversando. Selma perguntava o que havia comigo, papai continuava a dizer que era bobagem de criança. Fiquei sentada na privada, com a tampa abaixada, sufocando o riso com as mãos. Papai apareceu.

— O que é isso, Luciana?

— Não sei, pai. Não consigo parar.

— Acho melhor ir se deitar.

— Nem acabei de jantar...

Continuou me olhando, sombrio, parado na porta do banheiro. Estava querendo rir dele também. Onde já se viu alguém esperar o outro parar de rir?

— Pai, sai um pouquinho, por favor, se você ficar aí não vou conseguir.

Ele me olhava abismado. Selma o chamou, felizmente. Continuei no banheiro; não sairia enquanto estivesse tendo aquele ataque. Demorou muito a passar.

De noite, na cama, o riso voltou. Tininha e eu nos esbaldamos imaginando a cena de Selma e Boneca abraçadas na cama — quando as gigantes se encontram.

11

O telefone tocou, corri na sala para atender; papai já estava com ele no ouvido. Não dizia nada, cara vazia. Há muito tempo eu sabia que quando ele ficava assim, alguma coisa importante tinha acontecido. Fiquei em frente a ele, esperando. Quando desligou, falou olhando para o fundo do corredor:

— Manoel morreu.

E saiu andando em direção à biblioteca, como um robô. Como se tivessem dado corda nele. Fui atrás. Sentou-se na cadeira giratória olhando a janela sem paisagem. Perguntei:

— Como é que tio Manoel morreu, pai?

Muito triste papai ter só um amigo, e ele morrer. Ainda bem que eu tenho mais. Só Tininha vale por três, ainda tem as irmãs, Branquinha e o grilo. Não posso contar com Boneca e Coelho porque quem não fala não pode ser amigo. Bem, pelas minhas contas são sete. Felizmente não andam pela rua; isso é que é perigoso, pode-se morrer de uma hora para a outra. Papai voltou-se para mim, assustando-se com a minha presença, mas tinha me visto ou não?

— De repente. Seu tio morreu de repente.

Voltou a olhar a janela. Acho que via meninos no mar. Levantou-se e ficou andando em ziguezague pelo escritório, mexendo em papéis, inquieto. De repente, pegou a carteira, pôs no bolso de trás da calça (só comprava carteira que coubesse naquele bolso), pegou o chaveiro, acendeu um cigarro, olhou pra mim e disse:

— Ligue para sua mãe.

Só vi papai fumando cachimbo; cigarro, nem sabia que tinha em casa. Ele fumava rápido, sabem como é, a toda hora botava na boca e sugava. Selma não estava, tinha saído, sabe Deus para onde. Não gostava de dizer aonde ia, pelo menos pra mim. Perguntei por que ele queria falar com mamãe.

— Quero falar com ela.

Não explicou. Pela primeira vez na vida ouvi meu pai dizer que queria falar com mamãe. Disquei o número. Ela atendeu com voz alegre. Viver para mamãe devia ser muito divertido.

— Mãe, papai quer falar com você.

Ele já estava ao lado fumando outro cigarro. Pegou rápido o telefone da minha mão. Fiquei ouvindo a conversa.

— Manoel morreu.

Puxa, foi logo dizendo que tio Manoel morreu...

— Não, não sei, de repente. O corpo está na capela. Estou indo para lá, na passagem vou deixar Luciana aí. Não tem ninguém em casa.

Ninguém era Selma.

— A última vez que estivemos juntos estava bem (continuava a conversa) e Luciana, inclusive, foi comigo. Não sei de detalhes, a namorada avisou. Depois nos falamos. Obrigado. Tchau. Luciana, vá se arrumar, vou deixá-la na casa de sua mãe.

— Por que não posso ir, pai? Queria tanto ver... nunca vi nenhum morto.

Sorriu sem vontade.

— Vá, minha filha, vá.

Sequer respondeu. Estava afobado e a cara pulando. Achei melhor ir me arrumar rápido também.

Já era tarde da noite e Selma ainda não tinha chegado. Será que ia acontecer tudo de novo: briga e maluquice? Pelo sim, pelo não, quando for para casa de mamãe vou esconder Tininha. Papai, outra vez sem encontrar lugar na casa. Tentei conversar sobre tio Manoel. Não consegui. Ele foi para o quarto e ligou a televisão. Será mesmo que assistia, ou se distraía com imagens? Fui me sentar ao lado dele. Papai estava debaixo dos lençóis, recostado na cama, com os dois travesseiros nas costas. A cara continuava aos pulos. Acho que dessa vez pensava mais em tio Manoel do que em Selma. Estava se tornando um hábito a grandona sumir. A porta da frente bateu. Pronto, chegou. Ela e seus rompantes. Vamos ver como chega. Surpreende sempre. Papai continuou assistindo ao comercial. Selma entrou no quarto.

— Oi, tudo bem? Vendo televisão?

Só olhava para papai. Esquisita ela. De vez em quando fingia que um de nós não existia. Agora era a minha vez. Falei:

— Selma, tio Manoel morreu.

— E quem era? Não tenho a menor ideia...

Dirigiu-se à penteadeira. Olhava papai pelo espelho.

— Você não chegou a conhecê-lo, não é, meu bem? — perguntou, delicado.

Ela escovava os cabelos jogando a cabeça pra frente e pra trás. Se contorcia toda, não tinha o menor cuidado; de repente, podia piorar de novo. Agora retirava os enfeites: brincos, colar, pulseira. Tirou tudo e continuou enfeitada, enfeitada dela mesma. Se achava linda, e era. Linda linda.

— Não é do meu tempo — disse, displicente.

Frase nebulosa. Não entendi. É mestre em dizer coisas que não entendo. Acho que faz de propósito.

— Papai está triste, Selma. Gostava muito dele.

Já que não reparava, precisava avisar. Ele, olho duro na televisão.

— Deixa ele comigo.

Papai continuou com o olho pregado na tela. Incrível não responder a Selma. Diz cada absurdo e ele fica mudo; ou não há nada a dizer? Querem saber? Não entendo gente casada, mesmo! Fiquei ali até meu pai me mandar embora. Selma me ignorava. Agora a coisa era comigo. Céus!

Deitei e não dormia. Pensava em tio Manoel dormindo. É isso que acontece quando se morre? Sono sempre? No quarto, todos quietos, até Tininha, companheira das madrugadas. Lembrei de tio Manoel, comprido comprido. Pena não ter conhecido Selma (eram do mesmo tamanho, talvez se dessem bem). Ouvi um leve ruído. Só podia ser papai. Levantei com coragem, estranhando. Havia luz na sala. Assim que cheguei encontrei papai sentado no sofá, a cara latejando. Olhou pra mim e me puxou, como naquele dia, só que dessa vez não dormia. Ficamos ali sentados, na penumbra, sem dizer nada. Passado algum tempo, resolvi falar.

— Está com saudades do seu amigo, pai?

— Hum, hum.

Me abraçou. Me animei para mais perguntas.

— Como ele estava?

— Como se estivesse dormindo...

— Morrer é isso, pai, ficar deitado dormindo?

Sorriu triste.

— É, filha.

— Por isso você não quer dormir?

— Não estou com sono. E você?

— Também não.

— Então, esperemos ele chegar.

— Quem?

Não entendi. Ele me abraçou mais ainda.

— O sono.

Não tenho a menor ideia de como parei na cama de volta. Só sei que acordei no quarto.

No dia seguinte, ainda dava para ver a tristeza em papai. Pela primeira vez demorava a passar. Como gostava de tio Manoel!... Percebeu que eu tinha percebido seu estado. Selma, na dela, não estava nem aí para os outros, principalmente pra mim. Sabia que não tinha feito nada para deixar a grandona naquela antipatia. Não tinha a menor ideia do que podia ter acontecido. Ela devia ser assim mesmo. Tininha disse que isso era ser instável. Pensei que só se usasse essa palavra para o tempo. Não deu a menor bola para a tristeza de papai. Não deve saber que se pode morrer de tristeza, assim, de repente. Papai corria perigo, será que não via?

Passei a manhã indo à biblioteca, oferecendo água, café, biscoitos. Difícil ajudar papai nesses momentos, porque ele gosta de fazer as coisas sozinho. Qualquer pessoa acharia bom ter alguém servindo; lembrei de mamãe. Papai, não. O jeito era estar perto, sem falar. Há muito tempo aprendi que ele preferia o silêncio. Selma nem queria saber. Por falar nela, acabou de passar por mim com o nariz empinado, acho que ainda está maluca, mas como não está abraçada a boneca alguma — até porque estou aqui e não deixo ela pegar —, papai acha que está bem. Continuo sem entender como é que uma mulher fica abraçada com a minha boneca e, depois, tudo bem. Não acho ela bem não, nunca achei, desde o primeiro dia, lembram? Voltou a passar por mim, dessa vez levantou uma das abas do nariz fazendo cara de nojo. O que será que está acontecendo? Melhor perguntar.

— O que que há, Selma?

— O que que há o quê? — também perguntou.

— Você está com um jeito...

— É o jeito que eu tenho.

— Está chateada comigo?

Me olhou com desprezo.

— Não estou com vontade de conversar. É isso.

— Tudo bem.

Estava chateada, claro, e não quis dizer por quê. Mas tenho certeza que não fiz nada pra ela; ou fiz? Ela sumiu corredor afora; ouvi a porta de seu quarto bater. Não voltou a abrir até a hora do almoço.

Coelho e Teo tornaram-se inseparáveis. O que será que um grilo pode ver num coelho e vice-versa? Viviam em cima do parapeito recostados um no outro, se estavam descansando; ou um atrás do outro, quando se movimentavam. Quando eu trazia a comida, Teo era capaz de ficar esperando ele terminar para começar. Acho até que gostava mais de Coelho do que Coelho dele. Não cansava de elogiar os pelos macios. Também, gostava de boa vida, e Coelho deixava ele se deitar sempre que queria. Enfim, nasceram um para o outro. Como Branquinha e eu. Por falar nela; acordou, vou ver como está, se dá para apresentar Boneca.

— Ô, minha querida, acordou?

Bateu pestaninhas. Sinal de que escutou e gostou. Peguei-a no colo. Achei melhor falar sobre Boneca sentindo seu corpo no meu.

— Branquinha, sabe que temos no quarto uma Boneca do tamanho do armário?

Com um movimento suave, virou-se para olhar.

— Grande à beça, né, Branquinha?

— Hum, hum...

— Pois é, mas não se assuste, ela não faz mal a ninguém, além do mais é completamente sem palavras. Analfabeta de pai e mãe.

Sorriu, quase com som. Percebi que estava menos fraca. Meu leite está ajudando, que bom!

— Ela não apareceu, Branquinha, como você, que foi presente do céu. Ganhei Boneca no dia do meu aniversário. Mamãe me deu. Por falar nisso, você conhece a minha mãe?

— Não.

A voz de Branquinha era tão fraquinha que quase precisava colar o ouvido em sua boca pra poder escutar.

— Cadê ela, Luciana?

— Quer ver? Vou buscar.

Deitei Branquinha na cama, e fui buscar Boneca na prateleira da estante. Botei-a lá, para ver se perto dos livros aprende alguma coisa.

— Olha só, Branquinha, o tamanhão dela.

Arregalou os olhos, nunca deve ter visto nada igual. Achei que também não tinha gostado, fez cara desconfiada. Voltei com Boneca para a estante. Cansou de ver; cansa mesmo, muito sem graça. Pediu pra ver a irmãzinha grávida. Fomos ver a barrigudinha.

— Barrigudinha? Barrigudona!

Tininha ao seu lado, agora não saía mais de perto. Acho que tinha medo que o neném nascesse sem ela ver. Branquinha olhava e não dava um pio, quietinha quietinha.

— Branquinha, viu só como esse neném está grande?

Ela nem piscava. Ainda não tinha visto ninguém esperando neném. Tininha, sorriso nos lábios, passava a mão na barriga da irmãzinha. A outra, ao lado, minguadinha. Depois precisava conversar com Tininha sobre essa irmã. Branquinha suspirou.

— Que foi, Branquinha?

— Quando é que vai nascer?

— Ah, nunca se sabe... — disse Tininha. — Mas vamos todas assistir.

— Todos — emendou Teo. — E nós dois aqui não contamos, é?

— Desculpe, grilo. Você e Coelho também. Vamos ver se ajudam na hora, hein?

Papai, triste, apareceu no quarto chamando para o almoço. Tive tanta vontade de contar pra ele sobre o neném... Mas não dava; além de não acreditar, podia ficar mais triste ainda por causa de Selma. Levantei com Branquinha no colo; resolvi mostrá-la.

— Pai, essa que é a Branquinha...

Olhou, olhou, passou a mão na minha cabeça acariciando meu cabelo. Disse que a comida ia esfriar. Nem um carinho em Branquinha. Ela estava fora da vida de papai. Agora quem ficou triste fui eu. Ela também, vi em seu olhar. Coloquei-a no berço e beijei-a.

— Não liga não, os adultos são assim mesmo, não é por maldade, é que não conseguem ver. São cegos, Branquinha!

Selma à mesa. Cheguei cuidadosa, olhei para ver se devolvia o olhar. Nada. Só olhava para papai. Ele continuava triste; ela, encrencada. Dessa vez, comigo. Que diabo fiz de errado? Resolvi tirar a história a limpo.

— Selma, o que está havendo que você não fala comigo?

— Quem, eu? — fingiu.

Devia ser porque papai estava presente.

— É, você. Faz tempo que nem olha pra mim.

— Problemas meus, Luciana.

Fiquei sem graça. Olhei para papai em busca de socorro. Nada. Sempre se ausentava quando o assunto não era com ele. Me sentia tão sozinha nessas horas. Insisti com Selma.

— Não te fiz nada, não é?

— Que bobagem, menina.

Que bobagem, menina!... Disfarçou de novo. Olhei de novo para papai, ele continuava em silêncio, em seu posto de observação. Como sempre. Não entendo como nessas horas não me defende. Percebeu que a grandona fingia, claro! E não dá uma palavra a meu favor? Não vê que ela é maior do que eu? Acabei de comer, calada. Danada. Selma continuava me esnobando. Maluca, ela.

Alvoroço na manhã de sábado. Tininha me acordou, agitadíssima. Teo e Coelho faziam barulho na janela. Até Branquinha acordada, imaginem só! A irmãzinha gemia, a outra, assustada. Tininha quase gritou.

— É hoje, Luciana! Acorda! O neném vai nascer!

Era tão cedo, que ainda estava escuro. Acendi a luz do quarto. Tininha mandou apagar, deixar só a da cabeceira. Explicou que bonecas têm luz própria. Fiz o que mandou; cumpria ordens. Nunca assisti a nascimento. Ainda estava com sono, mas excitada com o acontecimento. Fui para perto delas.

— O que está fazendo, Tininha?

Ela se desdobrava em cuidados. Pegou todos os paninhos que encontrou ao redor. A irmãzinha suava, a outra chorava. Teo e Coelho curiosos, em volta, dando palpite. Tininha pediu silêncio.

— Estou ajudando, Luciana. É preciso que alguém empurre a barriga pra baixo — o que estou fazendo — e que outra pessoa ajude na respiração cachorrinho.

— Cachorrinho?

— Luciana, para irmãzinha não sentir dor, tem que respirar feito cachorrinho.

Teo se ofereceu para fazer a imitação. Engraçadíssimo, grilo com respiração de cachorro. A irmãzinha imitava Teo.

Coelho tentou mas não conseguiu. Eu, perdida naquilo tudo, queria ajudar.

— O que eu posso fazer, Tininha?

— Vá pegar uma tesoura, não demore.

— Ué, pra quê?

— Cortar o cordão umbilical. Nunca ouviu falar, Luciana?

Obedeci. Saí à cata de tesoura. Nenhuma no quarto. Lembrei que tinha visto uma na gaveta da biblioteca. Parti para lá. Papai e Selma ainda não tinham se levantado (devo ter feito algum barulho no corredor). Voltando com a tesoura, ouvi a voz dele; corri, escondendo-a na camisola. Mal a entreguei a Tininha, ele surgiu na porta.

— O que é isso, Luciana? Já acordada?

Foi entrando. Eu suava feito a irmãzinha do neném.

— Pai — disse sem ar —, não é nada. Vai pro quarto, pode ir.

Selma apareceu também. Todos acordados!

— Vem cá, filha, deite um pouco ainda.

— Não, pai. — Tentei me desvencilhar de suas mãos.

Eu olhava de rabo de olho pra ver se o neném estava nascendo. Estava! Tininha chorava, as irmãzinhas e Branquinha também. Teo batia palminhas dando piruetas, Coelho pulava de um lado ao outro, em volta. Selma continuava pregada na porta. Papai tentava a todo custo me pôr na cama.

— Pai, me deixa, por favor.

— Luciana... está chorando, filha?

— É de alegria, pai, juro!

Tininha gritou.

— Nasceu! Nasceu, Luciana!

O neném nasceu e eu não vi. Papai não saía do meu lado. Pedi, pela última vez. Sabia que Tininha precisava de ajuda e papai, sem saber, impedia. Ouvi de novo a voz de Tininha.

— Mais uma irmãzinha!

Não me segurei mais.

— Nasceu, pai, nasceu! — disse, entre lágrimas.

— Quem nasceu!? — perguntou a comprida, que não pensava em outra coisa.

— Nada, gente, nada. Pai, vai, por favor.

Prometi que deitava. Ele voltou devagar para a porta, triste, cabisbaixo, seriamente preocupado. Desistiu, graças a Deus. Ouvi-o dizendo para Selma.

— Sonhou com nascimento.

— Deve estar preocupada com o nosso problema.

Pobres coitados, não enxergam as bonecas. Corri pra ver o neném. A cara das irmãzinhas! Parecia miniatura delas. Branquinha me pediu para vê-la. Fui pegá-la. Estava comovida, eu também. Todos nós. Teo, deitado na barriga de Coelho, seu lugar preferido. As irmãzinhas, no colo de Tininha. Todos com nossos nenéns. Só Boneca não tinha quem gostasse dela; fiquei com pena. Voltei a deitar com Branquinha no colo, quentinha quentinha; parecia que tinha acabado de nascer.

Papai passou o dia me observando. Ontem, eu estava preocupada com sua tristeza; hoje, ele está preocupado com a minha alegria. Que coisa a nossa vida! Selma, boazinha (boazinha?). Antes fosse.

O telefone tocou quando já íamos deitar. Papai atendeu. Não ouvia uma palavra de sua boca. Só hum, hums. Devia ser mamãe. Fui para a sala. Selma, sentada no sofá, fingia que lia. Tinha reparado que sempre que mamãe ligava, a grandona ficava mal-humorada. Papai continuava no seriado hum hum. Sentei na poltrona, esperando o resultado. Quando desligou estava pálido. Mais notícia ruim? Veio andando na minha direção, agachou-se no chão pegando a minha mão. Um olho para Selma, outro para mim, disse:

— Luciana, sua mãe ligou dizendo que seu avô morreu.

Os dois ficaram me olhando, eu também olhava para eles. A sala, de repente, ficou sem cor. A fumaça, depois de muito tempo subia devagarinho pelo rodapé. Lembrei do charuto do vovô. Quis saber como foi.

— De que ele morreu, pai?

— Do coração. De repente.

Não gosto mais da palavra "de repente". Será que vovô conheceu tio Manoel? Não queria perguntar por que papai estava menos triste. Senti medo e frio. Disse isso a ele. Papai olhou para Selma; consultaram-se com o olhar. Levantou-se, sentou no braço da poltrona e, inclinando-se, me abraçou. Selma, jogada no sofá, que nem a revista que fingia ler. Eu não sabia o que pensar, nem o que dizer. A mesma coisa quando soube que Chope morreu. A fumaça subia, flutuava na altura do meu joelho. Quis ir para casa de mamãe. Pedi:

— Pai, posso ir pra casa de mamãe?

— Sua mãe vai viajar. Seu avô não morava aqui, você sabe.

— Quando ela vai voltar?

— Telefona quando chegar.

Queria ficar perto de mamãe e também ver vovô na fotografia; quem sabe lá ele falava. Papai, mudo ao meu lado. Selma se levantou, foi para o quarto. Difícil não ser da família numa hora dessas. Falei com papai que queria ver Coelho. Ele balançou a cabeça com carinho.

Fiquei abraçada com Coelho muito tempo. Como não falava, ficamos em silêncio. Deixei-o de pelos úmidos. Teo ficou chateado porque roubei seu lugar no Coelho. Tininha perguntou o que tinha acontecido. Contei. Deixou a recém-nascida de lado, e conversou comigo um tempão. Que boneca! Enquanto existisse eu podia estar certa que tinha uma grande amiga. Branquinha pegou no sono. Teo, quando soube (ficou prestando atenção na conversa com Tininha), pulou no chão e, se metendo entre meus pés, se esfregava, dizendo, coitadinha, coitadinha. Enfim, amigos não faltavam. Tinha sorte.

Papai apareceu no quarto para o beijo de boa-noite; a comprida acompanhou-o no carinho. Esperei os dois saírem. Lembrei de mamãe, rezei, rezei muito, pedindo a Deus que esquecesse os tais "repentes". Depois, fui deitar no chão ao lado de Tininha e irmãzinhas. Levei travesseiro e urso. Dormimos embolados. Acordei regurgitada — Tininha disse —, a neném tinha vomitado em mim.

12

Mãe sem pai fica diferente... A alegria desaparece. Ela, sempre bem-disposta, contente, agora parecia outra pessoa. Mal conversava, quieta como eu nunca tinha visto. Fui passar uns dias em sua casa. Deve ter sido outro acordo entre eles. Eu tentava alegrá-la:

— Vamos ao cinema, mãe?

— Não estou com vontade, filha, mas se quiser posso pedir a Nilceia para te acompanhar.

— Não, mãe, queria ir com você.

Sorriu pálido. Estávamos na sala e ela examinava papéis, com a cara metida dentro do armário. Eu não fazia nada; quer dizer, fazia companhia, prestava atenção. Aprendi com papai. Na verdade, estava com vontade de ir para o quarto pegar o álbum com a fotografia do vovô e olhar para ele. Estava em dúvida se devia ir, com medo que mamãe fosse atrás e chorasse. Ela mesma contou que havia chorado muito, eu não queria que voltasse a acontecer. Nilceia de vez em quando aparecia, oferecendo alguma coisa. Gostavam-se muito, mamãe e ela; também, tão parecidas, sempre alegres e de bom humor. Sempre não, agora mamãe não estava assim. Já pensou perder o pai? Deus me livre!... Só de pensar fiquei com a vista enevoada. Tirando a cara empoeirada de dentro do armário, mamãe perguntou:

— Luciana, você não tem dever para fazer?

— Tinha esquecido, mãe.

— Então vai buscar, sente-se aí, na mesa da sala.

Quando entrei no quarto, não resisti. Peguei o álbum. Abri direto na página da foto do vovô. Fiquei olhando, achando estranho ele ter morrido, ele e Chope. Mas não conheci Chope, só por fotografia, assim mesmo, mal; estava dormindo. Já vovô, tão bonzinho... veio ao meu aniversário trazendo Coelho de presente. Estava triste quando mamãe entrou no quarto.

— Luciana, o que está fazen...

Interrompeu o que ia dizer quando me viu com o álbum aberto na foto. Imediatamente as lágrimas começaram a escorrer-lhe pelo rosto. Nunca vi ninguém chorar tão depressa. Veio se abraçar comigo e soluçou no meu peito. O medo de nos acabarmos tomou conta de mim. Não tenho tamanho de peito para cara de mãe; ao mesmo tempo estava com tanta pena dela, tanta... Abracei sua cabeça. Ficamos ali sentadas no chão, com vovô entre nós. Como pesa a cabeça de minha mãe... Deve ser difícil carregá-la, principalmente com um corpo tão magrinho. Continuava chorando, e eu ali, sem saber o que dizer, segurando o peso. Não adiantava dizer que vovô não tinha morrido... O que eu podia falar para consolar? Sei lá... É cada aflição que passo com mamãe. Sempre assim: quando nos encontramos, começa tudo bem; daqui a pouco estamos tão mal as duas... Com papai não, é sempre igual, felizmente. O choro não acabava mais, uma desgraça! Comecei a pensar em chamar a descalça quando, graças a Deus, apareceu.

— Que foi isso? — perguntou Nilceia entrando.

— Me ajuda aqui...

O problema era segurar a cabeça de mamãe. Ela levantou-se um pouco, ao ouvir a voz da empregada.

— Saudades do meu pai — disse, enxugando-se nos braços.

— Nilceia, pega um lenço.

Molhou a fotografia (será que ia estragar?). Não ia perguntar porque ela podia chorar tudo de novo. Nem pensar em falar a palavra pai. Nilceia voltou com o lenço, ajudando mamãe a se levantar; eu continuei sentada olhando para a fotografia molhada. Vovô e família pareciam chorar também.

Saindo do quarto, fungando, mamãe ainda lembrou de dizer que eu pegasse os deveres!?...

Vivia de susto em susto. Quando voltei para casa, encontrei papai de cama. Selma tinha ido à farmácia. Abatido estava fazia tempo; e agora, o que será que havia com ele?

— Não deve ser nada de mais, Luciana. Senti mal-estar e o médico pediu que eu fizesse repouso. É o que estou fazendo.

— Foi de repente?

Precisava saber, porque de repente é que se morria.

— Não, filha, vinha sentindo dores de cabeça, enjoos, coisas assim...

Falou em doença, papai conversava.

— E o que você tem, pai?

— Ainda não sei. O médico pediu exames, já fiz; temos que esperar os resultados.

— Pai...

Deitei junto dele na cama, começando a chorar baixinho, com a cara escondida em seu braço.

— O que é isso, minha filha? Não se preocupe, não é nada grave...

— Você nem sabe o que tem, como pode falar assim?

Tudo podia acontecer na minha vida, menos perder papai, Tininha, Branquinha, Teo, as irmãs e mamãe. Selma, não tinha importância se de repente...

— O que está pensando, Luciana?

— Ah, pai, de repente estão acontecendo coisas horríveis, você sabe!

— É, mas vou viver muito tempo ainda.

— Você jura? Promete?

— Essas coisas não se prometem. Eu quero. Ainda vou ver você crescida, casada. Ver meus netos... — sorriu.

Selma chegou para atrapalhar a conversa. Papai estava falante, tão bom conversar com ele. Agora, pronto, acabou-se.

— Oi, Luciana, tudo bem?

Continuava boazinha? Acho que sim. A instabilidade, sabem.

— Mais ou menos, Selma, com papai desse jeito...

— Isso não é nada... Vai passar.

É porque não é o pai dela. Ih, lembrei que não tem, coitada! É a única coisa que me dá pena em Selma.

— Selma, já contou a Luciana que você começou um curso de pintura?

— Vai ser pintora, Selma? — disse, fingindo entusiasmo.

— Não sei ainda, vou estudar, por enquanto.

Ainda bem que vai fazer alguma coisa. Em vez de perambular pela casa o dia inteiro.

— Breve teremos uma pintora na família.

Que família? Não estávamos ali para fazer família. Não entendo quando papai fala assim, não é minha parente... Eu, hein! Apesar da doença misteriosa, ele e Selma estavam alegres. Sabe do que mais? Vou ver quem precisa de mim.

Reinava a paz no quarto. Acho que foi a irmãzinha quem a trouxe para a nossa casa. Nem queriam saber mais de mim... não que não gostassem, estavam ocupados com eles mesmos. Eu sobrava. Menos para Branquinha, que ainda não era boneca como as outras. Desse dia em diante, decidi dar atenção exclusivamente a ela, não antes de falar com todos, claro. Sabem como é, feitos de muita sensibilidade. Já que está tudo calmo, Branquinha dorme, posso sair. Lembrei de dizer uma coisa para papai.

A porta do quarto deles estava aberta. Tomei um susto que nem de longe podem imaginar: papai e Selma se beijavam na cama. Fiquei estatelada! Só tinha visto isso na televisão. Queria sair dali e não conseguia, meus pés não desgrudavam do chão. Selma em cima de papai. Não via que estava doente? E ela, enorme daquele jeito? Podia esmagá-lo... Os dois fungavam. Papai me viu de relance. Torcendo o pescoço e saindo do beijo, disse:

— O que foi, Luciana?

Quase esqueci o que tinha lembrado. A grandona se esticou na cama, como se nada houvesse.

— Sabe o que é, pai? Mamãe teve uma enfermeira, quando ela se quebrou, que acho que você ia gostar. O nome dela é Mercedes e ela não fala nada. Se quiser, mamãe tem o telefone. Posso pedir.

Falei tudo isso tão sem graça, mas tão sem graça... Selma assumia um ar de briga quando se falava em mamãe, não sei por quê. Revirou os olhos na minha direção, falando com voz mole:

— Não precisa, pode deixar que sei cuidar direitinho de seu pai.

Papai, com os olhos em Selma, acrescentou:

— Obrigada, filha. Se houver necessidade e se Selma não me aguentar... (sorriu para a grandona), chamamos a Mercedes.

Ficaram me olhando, acho que esperando que eu saísse; foi o que fiz. Saí de costas, completamente sem graça. Impressionante, de uma hora para a outra eu sobrava na casa. Sentimento ruim, ninguém precisar de mim. Ao mesmo tempo não queria ir para a casa de mamãe. Não sabia para onde ir. Fui para a sala, sem vontade de fazer nada. Me sentei em todos os lugares, nenhum servia. De repente ouvi a porta do quarto deles sendo trancada. Não queriam mesmo que eu voltasse. Meus olhos iam até a porta do quarto e depois voltavam. Um monte de vezes. Deviam estar se beijando de novo, e outras coisas. Eu não conseguia fazer nada. Fui à cozinha ver se havia alguma coisa para comer. Abri a geladeira e não me deu vontade de nada. O telefone tocou. Era um aluno querendo falar com papai. Pedi que esperasse. Fui até o quarto deles, bati na porta, Selma respondeu:

— Que é, Luciana?

Sua voz continuava diferente, mole e gemida.

— Telefone para papai, um aluno.

— Anota o recado, ele agora não pode atender.

Voltei para o telefone. Que coisas fazem que não dá nem para atender o telefone? E papai, por que não fala? Continuei na sala, à espera não sei de quê. De repente, a porta do quarto se abriu e Selma correu para o banheiro. Dei uma olhada rápida. Depois, quem passou para o banheiro foi ele. Ela ainda não tinha saído de lá. Trancaram-se de novo. Como demoram... Continuam nos beijos? Será que ela não vê que meu pai está doente? Pode fazer mal ficar dando beijos, além do mais pode pegar a doença que nem sabe qual é.

O telefone tocou de novo. Atendi. Era o médico. Fui para a porta do banheiro, chamei novamente.

— O que é, Luciana?

Outra vez a comprida respondeu. Será que papai perdeu a voz? Esse é um dos medos que eu tenho.

— É o médico, Selma.

Disse que ia atender. Passou por mim enrolada na toalha, mal me vendo; será que ia deixar de falar comigo de novo? Ai, Deus!

Papai saiu do banheiro para o quarto, ligeiro. Também não me viu. Selma atendeu.

— Ah, sim. É a mulher dele. Pois não... Ah, é? Virose? Hum... Hum... Sim, pode deixar, vou comprar, é só? Hum, hum. Muito obrigada. Sim, dou notícias, mais uma vez obrigada.

Fiquei olhando para ela. Ela olhava para o espaço. Saiu do telefone apressada. Fui atrás, perguntando:

— Seu pai está com virose, Luciana, nada de mais, vai tomar remédio e pronto. Pode entrar no quarto, se quiser.

Voltou ao banheiro.

Entrei. Papai estava deitado de olhos fechados, todo espichado. A cama, uma bagunça, toda desarrumada. Selma entrou vestida falando sobre o resultado dos exames. Ele abriu os olhos devagar e levantando-se disse que ia trabalhar. Fez um carinho na minha cabeça quando passou por mim. Pronto, parece que a doença acabou. Os beijos também.

Fui pra cama cedo, pensar. De uma coisa estava ficando certa: papai gostava mesmo da grandona. Será que gostou assim de mamãe também? Vou perguntar, mesmo que ela não queira responder. Fora a beleza de Selma, não sei o que viu nela. Será que papai precisa tanto assim de beleza? O pior é que a cada dia se acostuma mais e mais com a grandona. O tempo passa e ele cada dia mais caído para o lado dela. Selma também se acostumou com o jeito dele, aprendeu a gostar como ele gosta. Sem exagero. Deve ter se esquecido daquele idiota do namorado. Agora só falava em pintura, cores, pincéis, telas. Papai ouvia, atento. Interesse das pessoas era uma coisa que sempre deixava ele interessado. Isso, acho que ainda não tinha contado.

Bem, mas eu não conseguia esquecer o beijo; quanto mais pensava, mais coisas estranhas sentia. Nunca tinha me sentido assim, meu corpo só serviu até agora para dar trabalho: lavar, enxugar, vestir. Todos os dias. Agora, ele queria fazer alguma coisa. Sentia um calor embaixo... estava quente quente, será que estava com febre? Doente? Com virose? Queimava. Me virava e desvirava na cama, a quentura não passava. Vontade de me esfregar, esfregar bastante, até passar aquele calor. Me deu vontade de fazer xixi. Quando me limpei, ardia em fogo, numa espécie de vibração. Resolvi me molhar. Abri a água do bidê, com chuveirinho e tudo. Em vez de esfriar, comecei a tremelicar em cima da ducha; gostei tanto daquilo, que fiquei ali um tempão. Bateram na porta; agora quem não podia atender era eu. Não queria sair dali tão cedo. Abri tanto o esguicho que chegou a doer, molhar minha saia, e o chão do banheiro, sem falar na calcinha. Tudo alagado. As batidas na porta continuavam. Respondi que já ia. Que tanto queriam entrar no banheiro? O calor começou a passar, devagarinho. Levantei encharchada, pingando por todos os lados; precisava trocar de roupa. Assim que abri a porta, Selma apareceu me olhando espantadíssima, perguntando o que eu estava fazendo. Respondi, como escutei um dia mamãe dizer: tomando banho de assento. Ela vivia fazendo isso; era bom mesmo; não sabia. Grande invenção. A cara da comprida, desconfiada. Ficou no meio do banheiro me lançando olhares, enquanto eu enxugava o chão com o tapete. Se quisesse, podia brigar à vontade, eu estava me sentindo ótima, molinha, molinha.

— Que brincadeira, hein, Luciana!

Saí sem dizer nada. Tinha feito uma lambança... mas, nada melhor que o banho preferido de mamãe.

Jantamos praticamente em silêncio. Ninguém conseguia assunto interessante. Quietos e calmos, mal nos olhávamos. Eu, com medo que papai pudesse brigar comigo por causa da bagunça no banheiro. Claro que Selma contou. Falava tudo pra ele... Papai, não sei por quê, mal me olhou; parecendo morto de fome, só fazia comer. Selma, de nós três, foi quem disse algumas palavras, boazinha como há muito tempo não via; mas também ela não estava querendo muita conversa. Quem sabe não temos mais nada a nos dizer, não é? Pode ser que algum dia isso aconteça, todos os assuntos acabem. Seria o nosso caso? Acabamos de comer mais calados do que começamos. Pedi licença e me retirei. Queria ver se também no quarto a conversa tinha sumido.

Branquinha me chamou quando entrei. A cada dia ficava mais forte; acho que por eu ter me dedicado somente a ela. Os outros não precisavam mais de mim. Tininha dava conta das irmãs e irmãzinha, achava que era seu dever, fazer tudo quanto precisassem. Irmã mais responsável eu estava para ver. Não deixava eu trocar uma fraldinha. Teo também se ofereceu muitas vezes. Ela agradecia e dispensava. Já ouvíamos a voz da neném no quarto, chamando sempre por ela, uma gracinha...

Nunca acordamos de madrugada por causa dela, Tininha devia acudir logo que ouvia seus resmungos. Nossas conversas espaçaram; sabem como é boneca pequena... O grilo também, depois da chegada de Coelho, era raro conversarmos porque viviam brincando um com o outro. Até de pegar brincavam; ouvíamos de vez em quando as corridas. Davam uma alegria especial ao quarto. Sobrava Branquinha que, como disse, desabrochava a cada dia. Mas deixa eu ir lá, ela me chamou.

— Oi, Branquinha, acordou, minha linda?

— Vem cá, Luciana. Me leva pra passear?

— Levo, claro. Aonde você quer ir?

— Conhecer sua mãe.

— É mesmo, Branquinha?

— Quero ver se você se parece com ela. Me leva?

— Da próxima vez que eu for, você vai comigo, está bem?

Sorriu como as bonecas meigas.

Ao contrário de papai, mamãe deu a maior atenção a Branquinha. Pegou-a no colo, fez carinho, mas infelizmente Branquinha falava, falava, e mamãe não ouvia. Aquilo que se sabe: a surdez dos grandes. Não sabem o que perdem. Branquinha ficou muito triste quando percebeu que não era escutada. Disse a ela que, se quisesse, eu podia repetir tudo o que dissesse para mamãe. Combinamos assim. Acabei cansada, podem imaginar, mas Branquinha, satisfeita. Nilceia também tomou-se de amores. Perguntou quem tinha me dado. Expliquei que caiu do céu, como aquelas estrelas que caem. Fez careta quando me ouviu falar assim.

Acho que não acreditou, coitada! Não sabe o que perde não acreditando nas coisas que caem do céu. Ou, medrosa como é, tem medo até do céu? Branquinha também comentou sobre mamãe; gostou muito dela. Agora, parecida com ela, não me achou não. Disse que eu não era parecida com nenhum dos dois, que eu tinha a minha cara. Parecia um anjo... Elogio pra ela tem que ser assim.

Para terem ideia de como o pessoal do quarto estava entretido com eles mesmos, nem deram falta de Branquinha. É possível uma coisa dessas? Quando falei com Tininha, ela disse que não tinha reparado. Que paixão pela irmãzinha, hein? Teo, então, tornou-se um grilo levado. Cresceu tanto, acho que já devia estar do tamanho do pai: bem mais verde, e não parava quieto; nunca sabia onde encontrá-lo. Quando queria achá-lo, procurava por Coelho. Implicante com ele que nem lhes conto, e o outro o adorava. A outra irmãzinha, uma surpresa como tia; adorava a neném, vivia disputando-a com Tininha. Nem precisei ter aquela conversa... As três estavam sempre em volta da pequena, querendo agradar. Coitada, mal conseguia respirar. Um dia, cheguei a comentar com Tininha que daquele jeito podia morrer sufocada. Não deviam ficar em cima o tempo todo. Tininha concordou, relaxou na vigilância. Acho que conversou com a tia também, porque ela se acalmou. Boneca acabou indo para dentro do armário. Tininha tinha razão, não adiantava ficar no quarto: além de não participar, ocupava espaço. Mamãe nunca soube que eu não tinha gostado dela. No dia em que fui à sua casa com Branquinha, perguntou por Boneca. Branquinha piscou o olho pra mim. Respondi que estava bem, mas que, com aquele tamanho, era difícil carregá-la de um canto para o outro, por isso ficava em casa descansando. Deu-se por satisfeita com o que ouviu. Ainda bem.

Uma surpresa me esperava. Mal sabia o que estava para acontecer. As coisas, como contei, estavam tranquilas. Muito bem, sabem o que aconteceu? Teo me chamou para conversar. Até aí, nada de mais, gostava de ouvi-lo falar. Mas aproximou-se tão sério que estranhei.

— O que foi, Teo, por que essa cara de grilo grande?

— Isso mesmo, parece que adivinhou, era o que eu ia dizer. Cresci, Luciana. Devo estar da altura do meu pai. Não sei ao certo, porque tem muito tempo que não nos vemos.

— Por que está falando assim, Teo?

Não sabia o que estava acontecendo para o Teo mudar de uma hora para a outra, mas havia alguma coisa diferente; basta dizer que Tininha e irmãs deixaram o que estavam fazendo e ficaram prestando atenção à conversa.

— Porque vou embora, Luciana. Preciso conhecer as coisas lá fora, o mundo, você sabe.

— Mas isso você pode fazer morando aqui, saindo quando quiser, Teo.

— Não é a mesma coisa, entende?

Acho que eu não queria entender; não queria que o grilo me deixasse.

— Está me ouvindo?

— Estou, mas não queria que você fosse embora... E Coelho, como vai ficar sem a sua companhia?

— Ele faz mais falta a mim do que eu a ele. Não fala, Luciana, sabe como é...

— E quando você vai, Teo?

Perguntei baixinho, com medo de que fosse naquela hora.

— Agora.

Desandei a chorar. Ele saltou lépido da janela e veio fazer carinho em mim, roçando-se nos meus pés.

— Não chore, Luciana, agora não precisa mais de mim, você também cresceu; já se viu no espelho?

Não queria conversa, queria chorar.

— Por que não responde? Menina bonita não chora, sabia?

Papai apareceu e me viu chorando. Estava tão triste que contei pra ele.

— Sabe que o grilo vai embora?

— Hein?

Mostrei, como mostrei Branquinha, lembram?

— Como é que apareceu esse grilo no quarto, Luciana?

— Está aqui há tanto tempo, pai, só hoje você está vendo...

Parei de chorar de repente. Fiquei tão contente de papai ter visto Teo, até que enfim enxergava alguma coisa. Olhávamos os dois para ele.

— Apareceu na janela, pai. Chama-se Teo.

Sorriu paciente.

— Pois é, pai, ele vai embora agora, sabia?

Selma também apareceu, aproximando-se.

— Ah, Luciana, deixa o bichinho ir embora. O lugar dele não é aqui.

— Não sei como veio parar aqui no alto... — comentou papai.

— Não vamos saber mesmo. Se fosse esperança, traria sorte. Mas grilo... — sentenciou a comprida.

Pronto, entrou pra dentro da conversa e com que comentário... Enquanto papai mede palavras, elas escorrem da boca de Selma de qualquer maneira, sem o menor cuidado. Bom, não vou ligar, coisas muito mais importantes estão acontecendo. Teo e eu continuamos a nos olhar, fixamente, acho que decorávamos a cara um do outro. De repente, ele foi recuando de mansinho diante dos meus olhos. E começou a desaparecer devagarinho, devagarinho. Foi-se, gesticulando. Entrei num estado de perturbada confusão e, antes que ele sumisse de vez, chamei:

— Teo, Teo, o que está acontecendo com você?

Nada mais se movia em grilo; nem sei como conseguiu responder:

— Não lembra, Luciana, do que combinamos?

Lembrei, claro! Não podia falar dele pra ninguém... Não deu mais para ver o Teo. Olhei para o parapeito para ver se havia alguma poeira; é o que fica, não é mesmo? Nada, nem vestígio dele. Olhei em volta. Papai e Selma entreolhavam-se e, em seguida, olharam para mim, ternamente. Acho que esperavam que eu dissesse alguma coisa. Disse que queria ficar sozinha. Saíram preocupados, mas não seriam eles a me consolar. Fui procurar Tininha para desabafar, mas ela dormia. As irmãs então, nem é preciso dizer. Olhei para Coelho, também dormia, nem era com ele. Por que será que bateu esse sono pesado em todos? Tudo escapando de repente... Me deitei encolhida e chorei sentidamente.

13

O elevador do prédio quebrou. Nem sei como dar tantas graças a Deus, porque, descendo as escadas, fiz uma descoberta sensacional: meus peitos balançavam! Cinco andares, o máximo! Cheguei à casa de mamãe e fui direto para o espelho do quarto. Reclamou que nem falei direito com ela. Claro! estava doida para me ver. Mesmo antes de tirar a roupa, vi no espelho os bicos estufando a blusa. Quando arranquei então... achei uma diferença, mas uma diferença... Não imaginam. Como não descobri antes? Não tenho a menor ideia. Rodopiava pelo quarto quando vi a cara de mamãe no quadro da porta.

— O que está acontecendo, Luciana? Por que está sem blusa?

— Olha só, mãe.

Me exibi, orgulhosa.

— O quê?

— Meus peitos, não é? Não está vendo? Enormes... — disse, me alisando.

Deu um meio sorriso balançando a cabeça.

— Estão crescendo, filha, e vão crescer mais ainda. — Sorriu de novo.

— Jura?

Mulher para mim tinha peito grande e não aquelas titiquinhas que mal dava para se notar. Ih, exatamente como os de mamãe... mínimos. Tão diferente dos de Selma... a comprida é peituda mesmo, só vendo! Um dia vi, por acaso, acho que ela não gostou. A porta do banheiro estava destrancada. Bem feito, quem mandou não fechar? Lindos... Quando ela me viu vendo, colocou um braço por cima levando a mão em concha sobre o peito; gostei daquele gesto... Estou doida para fazer também... Ainda bem que os meus iam crescer à beça. Por falar nisso, como é que mamãe sabe que vão crescer mais ainda? Quis perguntar mas quando olhei em volta ela já tinha ido embora. Nem se ofereceu pra comprar sutiã... Fui atrás dela.

— Mãe... — Estava lendo em seu escritório, levantou o rosto ainda sorrindo. — Você não acha que estou precisando de sutiã?

Tirou os óculos pequenininhos. Agora usava para ler, como papai, que tinha esses óculos também. Só que ele usava havia séculos. Fechou o livro, botando o marcador. Cruzou os braços.

— Não acho não, Luciana. Eu me arrependo de ter usado cedo. Quanto mais tarde, melhor. Os seios demoram a cair.

Mamãe, como sempre, sabendo o que é melhor pra saúde. Devia ter razão, mas por que "seios", hein, em vez de peitos? Não vou insistir, o importante é que estamos iguais. De peito, pequenininho. Eu, ainda; ela, coitada, ia ficar assim o resto da vida.

Agora estava ótimo, ia quando queria pra casa de mamãe ou de papai. Era só dizer que estava com vontade. Mudaram muito, os dois. Depois do colégio, voltei pra casa. Já devem saber que quando falo assim, sempre é a casa de meu pai. Nesse dia de descoberta peito-seio, almocei na casa de mamãe. Bastava querer mudar de casa, falar com eles, e tudo bem. Maravilha!

Papai e Selma iam viajar e eu ia ficar sozinha em casa. Estava adorando. Quer dizer, completamente sozinha não, a diarista ia dormir lá também, para me dar jantar. Tinha certeza que teria uma noite e tanto. Toda aquela linda noite seria minha, tchan tchan tchan tchan...

Papai e Selma tinham acabado de sair fazendo um monte de recomendações, parecia que iam passar um mês fora. A moça ouviu tudo o que disseram, ao meu lado. Balançava a cabeça a cada frase. Parecia de mola, a cabeça dela. Como concordava. Os dois foram para a casa de amigos, em Teresópolis. Milagre, papai fazer um programa desses, sair da frente do computador. Selma estava numa alegria só, adorava passear. Voltariam no dia seguinte.

Assim que saíram, fui para o quarto. Não demorou, a empregada apareceu para dizer que quando eu quisesse jantar era só chamá-la. Ia ficar no seu quarto assistindo às novelas. Eu também, mas não disse. Essa hora para mim era sagrada. Vejam o que me aconteceu: me apaixonei por um ator que trabalha numa novela. E não ia dividir meu segredo com uma pessoa que mal conheço; além do mais, ela podia descobrir e contar; já pensou?

Bem, a novela dele era a primeira; resolvi jantar antes, me livrar logo daquilo. Fui ao quarto de empregada pedir que ela fizesse meu prato. Engoli a comida com medo que a novela começasse; acho que estava tão excitada, que me atrapalhei com o horário; quando vi, era cedo à beça, ainda ia demorar para vê-lo. Decidi então fazer o que tinha planejado.

Fui direto ao quarto de papai, atrás do robe de seda da comprida. Saí catando; estava atrás da porta. Vesti em cima da camisola; em seguida, procurei os chinelos. Achei também, calcei. O robe, na Selma, ficava logo abaixo da cintura; em mim, atrapalhava um pouco para andar. Desgraça de grandona. Meus pés também boiavam no chinelo. Selma bem que podia ser menorzinha... Pronto, estava vestida. Sabia que podia me vestir de mulher, já tinha peito e tudo.

Agora, maquiagem. Andei até a penteadeira, sentei na cadeira em frente, olhando minha cara no espelho; daqui a pouco ela seria outra, com certeza. Abri o pó compacto (Selma fala assim; mamãe diz pó-de-arroz. Mamãe é mais velha, sabem). Me empoei tanto, que fiquei parecendo um fantasma. Botei rápido o blush, para tirar a impressão. Acho "blush" uma delícia de dizer: a língua dá uma enroladinha gostosa dentro da boca... Selma tinha várias cores de blush; escolhi o vermelho mais vermelho; queria tudo forte e brilhante. Faltava a sombra; acabei escolhendo a marrom porque ficava com mais cara de mulher da noite. Estava ficando incrível... Quase uma Selma. Ah, antes de terminar, ia fazer o que ela faz quando se apronta para sair, tomar um uísque.

Nada da empregada, graças a Deus. Ih... a novela já deve ter começado, mas agora não podia parar. Pegar o gelo sem fazer barulho ia ser difícil. Copo na mão, entrei na cozinha, descalça, achei melhor deixar os chinelos na sala, por causa do toc, toc, toc. Abri a geladeira, com toda delicadeza. Peguei a cumbuca e botei debaixo da torneira da pia.

— Luciana, está precisando de alguma coisa? — ouvi a voz da diarista.

Tremi dos pés à cabeça. Fiquei imóvel, esperando pelo pior.

— Nada, nada, pode deixar, só vim pegar água.

Continuei paralisada, dando um tempo pra ver se ela ia aparecer. Nada. Ainda bem que continuou no quarto. A novela devia estar ótima.

Voltei à sala, segurando o gelo dentro do copo, com medo que ele fizesse tlim, tlim. Abri o bar de Selma; papai não era de uísque, aliás, não era de bebida e não gostava que Selma bebesse (parece que na família dela quem não bebe não é gente).

Não sabia qual escolher, tantos... como gostava, hein? Peguei o que estava aberto, não sou boba nem nada. Me servi e voltei de novo pra frente da penteadeira. O gelo no copo fazia barulho, mas não ia botar os dedos lá dentro e depois tomar, fazer porcaria. Lembrei, antes de dar o primeiro gole, de me despedir da empregada; só assim ela não apareceria mais. Fui à porta da cozinha, e falei:

— Boa noite, vou deitar, até amanhã.

— Já, Luciana?

— Estou com sono, até amanhã.

— Então está bem, até amanhã.

Pronto, estava livre dela. Voltei para a frente da penteadeira, sentei, olhei bem para o copo e dei um gole, pequeninho. Deus! Como é que Selma toma esse troço?! Que família, hein?

Bem, faltava pintar os cílios e depois minha grande paixão: batom. Dificílimo passar rímel, errei e foi dentro do olho: que dor! Tive que levantar para ir ao banheiro lavar. Acho que lavei demais; tive que começar tudo de novo. Que trabalheira... Não é à toa que mamãe passa horas em frente ao espelho. Minhas pernas estavam um pouco esquisitas. Sei lá, bambearam. Voltei para o quarto deles. Era impressão ou essa bebida é ruim mesmo. Tomei outro gole... putz, é horrível! Pior que já vi Selma tomando uns três, como se fosse guaraná. Mais blush, mais sombra, ih, estava ficando tudo borrado, por quê? Resolvi molhar o dedo no cuspe, tentar limpar. Não é porcaria porque o cuspe é meu. Ficou mais ou menos. Tá bom, senão não ia acabar nunca. Chegou a hora do batom. Com ele estava treinada porque mamãe e Selma me deixavam usar, de vez em quando. Quantos... uma festa! Escolhi o preto, que um dia a comprida comprou por engano. Uma esquisitice linda. Pronto, estava pronta. Mais um gole e ia deixar o copo dentro da pia da cozinha. Foi o que fiz, com as pernas parecendo dançar uma dança esquisita. Fui para o quarto resolvida a me mostrar para as bonecas, assim. Nada, não reagiram. Será que não me reconheceram?

A televisão estava ligada; quando a novela voltou, apareceu, iluminando a tela — Ele. Tão lindo... mas tão lindo... que uma coisa esquisita começou a acontecer, muito esquisita mesmo, tive impressão que minha xoxota estava aplaudindo. Fiquei ali, deitada, olhando para Ele, naquele aplauso sem fim. Não ia chamar ninguém pra ver aquele show em mim, muito menos a diarista.

Quando a novela terminou, fui para a sala escutar música. A essas alturas, as pernas pareciam de outra pessoa. A cada passo, meus pés enrolavam no robe. Dificílimo andar, de repente. Acho que deve ser isso ficar bêbada. Estava.

Assim que entrei na sala o que vi? O quê? Ele — o artista! Sentado no sofá, me olhando com uma cara... — mistura de gente boa, gente ruim — que fui ficando tonta, tonta. Disse a ele que estava indisposta (estava louca para usar essa palavra que já tinha escutado um monte de vezes na novela). Continuou sentado, sorrindo pra mim. O sorriso me esquentou toda. Precisei pedir licença, levantei tonta e fui cambaleando até o banheiro. Infelizmente, não deu para chegar à privada; abri a boca na porta mesmo, que ficou toda decorada, parecendo pintura japonesa. Me arrastei até a cozinha, andando em ziguezague, pra catar o pano de chão. Papai não gosta de casa japonesa, só mamãe. Não encontrava o diabo do pano, no chão não estava? Abri o armário da cozinha, debaixo da pia. Botando a mão lá dentro, esbarrei nas panelas. Barulheira infernal! Longe, longe, na minha cabeça, lembrei da empregada. Não apareceu, foi Deus! Encontrei o desgraçado do pano em cima do tanque. Até que enfim. Voltei ao banheiro para apagar o desenho. Depois de toda essa operação, ainda consegui escovar os dentes, sabia lá se ele ia querer me beijar? Tomara. Estava querendo demais beijar ser beijada, há muito tempo. Sem parar.

Quando tudo terminou, voltei à sala. O sofá, vazio. Onde será que Ele se meteu? Está vendo o que dá demorar fazendo as coisas? Comecei a chorar ali mesmo, tontíssima, a tontura não passava. Ele foi embora, claro, não ia ficar me esperando esse tempo todo. Que pena... quase tive a noite mais bonita de todas. Ainda consegui desligar o som, e fui para o quarto, na entrada perdi o equilíbrio e caí no chão num choro confuso.

Acordei com Selma grudada na minha cara.

— O que foi isso, Luciana?

— Que foi o quê?

Respondi me remexendo e me cobrindo, roxa de sono.

— Toda pintada!

— Ah... depois eu explico.

— E por que dormiu no chão?

Não deu pra dizer mais nada. Precisava pensar direitinho no que iria contar; agora não dava, mesmo porque não conseguia abrir o olho de jeito nenhum.

Acho que muito mais tarde Selma entrou de novo no quarto. Estava de marcação comigo, só podia.

— Acorda, Luciana, já é tarde.

Abri o olho, zonza ainda.

— Quer me dizer por que não dormiu na sua cama?

— Dor nas costas, Selma, só no chão melhora — disse, me levantando trôpega.

Nem sei como fui me lembrar disso, foi Deus; não, foi mamãe. Ela é que faz assim de vez em quando: se estatela no chão por causa da coluna.

Fui para o banheiro, a abelhuda atrás.

— Luciana, você mexeu na minha maquiagem ontem à noite, não gostei. Você sabe que te empresto, por que fez isso?

Tive muita vontade de lembrar a ela o episódio do rapto. Mas uma vontade... Achei melhor não. Muito tempo tinha se passado.

— Tem razão, Selma, desculpe. Prometo não fazer mais, está bem?

Disse a última frase pingando um beijinho nela. Selma é boba, boba. É só fazer carinho que ela amolece rápido. Pena papai não conseguir.

Com a graça de Deus e dos anjos, não descobriram mais nada além da maquiagem. Passei a tarde pensando Nele. Não fiz nada além disso. Até porque não conseguiria; minha cabeça doía esquisito a cada passo que eu dava. Fiquei a maior parte do tempo deitada, imaginando cenas de amor com Ele. Cada cena... Papai e Selma estranharam meu jeito, mas não perguntaram; mesmo se perguntassem, não diria palavra. Segredo secretíssimo.

No dia seguinte, Aleluia! Acordei com a calcinha colada; quando fui ver o que era, o lençol estava sujo de sangue. Pronto, finalmente acabou a espera de ser mulher. Já tinha comprado absorvente há um tempão, posto dentro do armário pra ver se chamava. Todas as minhas colegas do colégio eram moças; só faltava eu. O que vou fazer agora? Não há mais vivalma dentro desse quarto para quem eu possa contar. Desde ontem à noite, não me dão a menor bola. Não devem gostar de adultos.

— Paiê! Paiê! — gritei.

Papai apareceu apavorado. Sabe que tem um rosto cujas reações controla, mas hoje perdeu o domínio; raríssimo acontecer.

— O que foi, Luciana? Por que gritou?

Me examinava, aflito.

— E é para gritar mesmo, pai. Fiquei menstruada!

Ele nada disse. Tive a impressão que escondeu um sorriso.

— Quer ver? Olha só o que aconteceu.

Mostrei o lençol. Sorriu. Grudei os olhos nos seus. Esperava que dissesse alguma coisa, mas em vez disso, levantou-se lentamente dizendo que mandaria Selma vir me ajudar. Continuei deitada, emplastrada. Selma entrou alegre, quase saltitante.

— Luciana! Seu pai me contou, parabéns!

— Papai não disse uma palavra, Selma, por quê?

Nem esperei ela responder, resolvi chamá-lo de volta. A primeira coisa séria que me acontece, e ele nem nada...

A grandona desfazia-se em sorrisos, parada no meio do quarto.

— Selma, não estou podendo me mexer, será que você pode dizer a papai pra ele voltar aqui de novo?

Quase dançando, ela saiu do quarto. Ele voltou. Assim que se aproximou, fixei-o com olhar de fundo. Aprendi esse olhar para sempre.

— Por que não disse nada, pai?

Sentou-se na beirinha da cama, desconfortável como sempre, e fazendo carinho na minha mão deu uma longa explicação. Entendi metade do que quis dizer: crescimento, hormônios, sei mais lá o quê... Parecia um médico. Quando terminou, me beijou a testa e disse que apesar de eu ser uma moça, seria melhor que deixasse Selma me ajudar. Era coisa de mulher para mulher mesmo. Fiquei ali esperando a comprida. Deitada, dura, olhando meu céu descascando. Estranhamente emocionada.

Pela primeira vez me entendo melhor com Selma do que com papai. Ele deve ter nascido para falar pouco mesmo, quando usa muitas palavras se enrola. A não ser dando aulas, dizem... Eu não digo nada porque nunca assisti, ele nunca me levou.

Queria que alguém me explicasse quem iria querer se casar e ter filhos com uma garota que acabou de fazer 11 anos? Estava prontinha. Foi isso que entendi. Então, pra que estar pronta se não sirvo? Vida sem uso. Porcaria. Talvez seja bom voltar ao assunto com Selma, ou mamãe. Por falar nisso, ainda nem sabe, coitada.

Todo mês passar por esse grude deve ser uma chatura... Quanto tempo vai durar tudo isso? Humm, quantas perguntas não fiz! Selma voltou a aparecer no quarto; estava tão minha amiga, que nem lhes conto. Para dizer a verdade, eu estava um pouco amiga dela também. Um pouco.

— Tudo bem, Luciana?

Fez olhar cúmplice.

— Hum, hum...

Não sei, mas não me deu vontade de fazer as perguntas que ficaram faltando.

— Vamos dar uma saída, quer vir?

Fazia tempo que me deixavam ficar em casa sozinha. Uma paz, nem lhes digo. Agora só aceitava convite dependendo do programa. Selma esperava resposta, pacientemente.

— Aonde vão?

— Tomar sorvete, está muito calor.

— Prefiro ficar, tenho o que fazer.

Veio me dar um beijo de despedida. Não disse?

Desde a evaporação do Teo, o quarto perdeu um bocado da graça. Coelho ficou numa quietude completa. De vez em quando chegava perto dele para ver se ainda respirava; já pensou, perder o melhor amigo? Lembram da tristeza que papai ficou quando tio Manoel desistiu da vida? Acho que cresci mesmo, não falei que ele morreu.

Quando papai e Selma voltaram, eu estava no telefone. Passaram por mim na sala, entreolhando-se. Continuei falando, claro. Gosto muito dessa amiga, mas para falar a verdade, cada vez gosto mais de telefone. Quando desliguei, liguei pra mamãe; puxei o fio até dentro do banheiro porque até meu quarto ele não chegava. Mamãe ouviu tão alegre a novidade, mas sabem como ela é, não é mesmo? É de uma alegria poderosa. Vida para ela é uma festa, tem que se dar um desconto.

Os dias passavam e cada vez eu ficava menos no quarto; estava ficando diferente diferente. Desisti por completo de falar com Tininha. Cada vez que eu tentava, ela parecia uma boneca de pano como outra qualquer; as irmãs então, miniaturas sem graça. Eu sentia uma tristeza e não sabia de onde vinha, porque estava tão contente com outras coisas fora dali... Papai e Selma puseram uma extensão de telefone no quarto, só pra mim; o máximo! Agora podia falar sem que ninguém ouvisse minhas conversas.

O tempo passava e cada vez mais uma enorme mudança em mim se operava. Fui tomada de estranha vida. Igual à dos meus amigos. Gostamos das mesmas coisas. Agora só me ligo em aparelhos: o telefone, como sabem, e o som. Papai e Selma vivem reclamando da música que escuto, além de reclamarem de outras coisas também. Estão chatérrimos! Parece que está havendo um campeonato de chatura aqui em casa. Quem acha quem mais chato! Se perguntarem a eles, vão dizer que sou eu, claro; mas se me perguntarem, nem é preciso responder.

O que andam falando de mim, pelas costas, não imaginam... Foi Maria quem contou. Agora tem empregada, grande novidade na vida deles. Bem, não vale a pena continuar a falar dos dois. Chega. É muito chato falar de gente chata.

Voltemos a quem interessa: os meus. Branquinha foi quem ficou mais tempo comigo, mas, como Tininha, teve o mesmo fim: perdeu a graça. Nem de longe podem imaginar como Branquinha se encontra; não iam acreditar. Aquela beleza toda se foi, está encardida, maltrapilha, cabelos ralos, um horror! Impressionante a devastação que o tempo faz... Mamãe adora dizer essa frase, e não é à toa que se cuida daquele jeito, lembram, não é? Pois é. Não sobrou ninguém no quarto. Até os mudos foram embora. Coelho foi dado para meninas que moram em casa com jardim (aquelas que um dia rodaram na casa de mamãe, lembram também?). O que eu mais gostava era ter sido presente de vovô, acho que já disse isso a vocês. Já contei tanta coisa, que nem lembro mais. Agora tudo tem tanto tempo... E Boneca... Nilceia veio com a história de uma menina que nunca teve brinquedo na vida. Passei o trambolho para as mãos dela. Quase dançou descalça no meio da sala. Melhor do que ficar naquele entra-e-sai de armário. Tomara que dê alegria à menina sem sorte. As coisas saindo da minha vida, e eu nem nada... Acho tão triste não ficar triste...

De repente, só notava a presença de Branquinha quando ia dormir. Ajeitava-a perto do urso e pronto. Às vezes, quando achava que estavam incomodando, empurrava os dois pra fora da cama, sem olhar onde tinham caído. Preguiça.

Como viram, estou em trânsito, não sei o que vai ser de mim, nem estou preocupada, e também não estou com vontade de contar mais nada. Já que todos se foram, é melhor que me despeça também, aproveitando o clima geral.

Quero contar só mais uma coisa: lembram da Mercedes, a enfermeira de mamãe? Pois é, sabem que outro dia passei por ela na rua? A índia estava com uma indiazinha ao lado e a menina sorriu pra mim. Tal mãe, não tal filha.

Este livro foi composto na tipologia Minion, em
corpo 12/16, e impresso em papel off-white 80g/m²
no Sistema Cameron da Divisão Gráfica
da Distribuidora Record.